拉下前總統
破解假新聞
拒當讀稿機

丁哲雲——著
邱麟翔——譯

손석희
저널리즘

孫石熙的
脈絡新聞學

한 걸음 더
들어가보겠습니다.

目錄

한 걸음 더
들어가보겠습니다

한 걸음 더
들어가보겠습니다.

第三章 挑戰

음 더
가보겠습니다.

第四章 登峰造極

한 걸음 더
들어가보겠습니다

한 걸음 더
들어가보겠습니다.

導讀／孫石熙的新聞學，帶給臺灣的重要啓發

楊虔豪（駐韓獨立記者）

很可惜的是，就在本書於臺灣問世、以及我寫這篇導讀時的兩個月前，孫石熙已離開主播臺、退居幕後，專責JTBC社長職務。但我在擔任駐韓獨立記者期間，一起見證了孫石熙這風風雨雨的七年，看見媒體擁有的力量——在保守派復辟、宛如倒退回獨裁的時期，一家民營電視臺的新聞工作者，透過追蹤與揭發政府與元首弊端贏得掌聲，並促成政黨輪替。

如此情節，就連韓劇都不太常見，卻又極為戲劇化地發生——記者發現總統密友的平板電腦，揭發這位不在幕僚名單的人，幾乎替代總統「日理萬機」；總統還施壓各大財閥捐款給這位密友成立的基金會，最後密友再把這些錢放入了自己口袋。報導一出，民情激憤，每週末上街發動燭光示威。

保守派媒體集團，挖角進步派電視主播

ＪＴＢＣ發源自三星創立的「中央傳媒集團」，作為由保守派的李明博總統挾國會多數通過法案、讓保守大報能在有線電視區塊兼營綜合頻道的「被催生者」，因新聞娛樂化、方向偏頗、播報名嘴化且節目大幅重播等問題，讓ＪＴＢＣ聲名狼藉。恰巧此時期，既有的無線「老三臺」不是受政權干預，就是自我審查嚴重。直至中央傳媒集團會長、三星會長李健熙的小舅子洪錫炫，「三顧茅廬」從ＭＢＣ挖角了孫石熙後，ＪＴＢＣ才迎來翻身契機。

原本最勇於揭弊、批判權力的ＭＢＣ，經歷李明博與朴槿惠兩位保守派總統執政，新聞走向、節目人事屢受箝制、干預，逐步被收編為親政府媒體，讓ＭＢＣ金字招牌的孫石熙也終於退下陣來。他在獲洪錫炫保證將充分授權領導新聞走向、不受任何內外力介入的前提下，以「社長級主播」的身分加入完全不被外界看好的ＪＴＢＣ。猶記接到這消息，我與同業都吃驚連連，更多人抱持悲觀心態。

「孫石熙前輩不會成功的，有線綜合頻道名聲那麼壞，他入主可能短期內會讓ＪＴＢＣ形象變好，但中央傳媒集團政商關係深厚，禁忌太多了，高層想必不會讓孫前輩好好發揮，我想用不了太久，他們就會鬧翻了。」老東家ＭＢＣ工會的一名幹部這麼對我說。

一位曾在《中央日報》任職的電視臺同業在探聽到內部消息後，也向我表示：

「《中央日報》與JTBC內，許多人都對孫石熙『空降』擔任社長並督導新聞，感到忌妒與不滿，我猜他與記者群的蜜月期不會太久，很快就會產生矛盾，使新聞製作發生問題。」

在一片唱衰聲中，JTBC播出了宣傳影片，一開始就是孫石熙的聲音：

談到九點晚間新聞，你可能不會先想到JTBC；您可能習慣固定在其他頻道，或者在九點時段，根本不會想到要看電視。JTBC《九點新聞》準備展開艱鉅的挑戰，這不是容易的事，我也明白有人將對此投以尖銳目光。

現在，JTBC《九點新聞》所擁有的，只有真相的力量，不被扭曲與掩蓋，只立足於健康的公民社會。我們將成為畏懼無權力者、也讓有權力者畏懼的新聞。

在最後的陰暗畫面中，孫石熙一貫表情沉著的側臉，與四個詞一同浮現：「事實、公正、均衡、品味」。

無懼壓力，敢於在太歲頭上動土

新聞開播後隔週，驚人的消息直接擺在頭條播出：「各位觀眾晚安，我是孫石熙。作為韓國第一企業的三星，有著閃耀一面，卻也有陰暗之處。三星集團這段期間以『無工會經營』自詡，也就是即便沒有工會也能實踐經營，並成為世界一流企業……今晚的新聞，我們將深入報導三星的『工會無力化』策略。」

雖然三星並不直接經營中央傳媒集團，但《中央日報》仍有許多追捧三星的報導，批判意見也會盡可能減少。當時我就曾寫道，孫石熙領軍的JTBC「正在太歲爺上動土」；而接下來一連串揭發政府內部問題的追蹤報導，也等於宣告JTBC開始打出市場區隔。

這是全世界少有的情況，一家垂直整合的媒體集團，報紙立場偏保守派、電視臺立場則批判執政的保守派，這非「頭殼壞去」，而是精明的戰略。選擇在傳統電視臺都導向保守派的情況下做出不同內容，並非譁眾取寵，而是屏除萬花筒式的新聞呈現，每日選定若干重大新聞議題展開深度報導、連串分析。

孫石熙持續展開破天荒的創舉：將晚間新聞延長為一百分鐘，並更名為JTBC《新聞室》，擴大訪談時間、新增頗具個人色彩的〈主播簡評〉及查核傳聞和政治人物發言的〈事實查核〉單元，也讓記者有更多發揮空間。

世越號船難、政府強推歷史課本國編化、反政府示威與參與集會者被水砲擊中死亡，還有崔順實干政事件迫使朴槿惠下臺……孫石熙帶領JTBC記者守候新聞現場、阻擋外部壓力，用事實與合理根據，呈現出老三臺看不到的真相，成功抓住過去熱衷收看MBC的反保守派群眾，在市場占領一席地位。

在此期間，與三星有姻親關係的洪錫炫會長必然承受不少壓力，事實上，JTBC也因此遭受政府發包的廣告被無端刪減、以及放通委#的不當懲戒，更讓

\# 放送通信委員會之簡稱。

洪錫炫與李家的關係緊張，但他至今都成功挺了下來，讓孫石熙的能量能持續發揮。

以自身新聞學信念，扭轉傳統媒體劣勢

而當今媒體環境因網路興起、閱聽大眾接收新聞習慣轉換，產生了重大改變。也讓孫石熙大膽嘗試讓晚間新聞在網路平臺直播，並領先在網路社群上推出新的原創內容，打破各臺只是將新聞帶剪輯完後放在網上的習慣，每週兩回，在新聞結束後，由孫石熙和記者一起網路直播，分享採訪心得與幕後祕辛。

於是，孫石熙讓JTBC成功做出具市場區隔的高品質與深度內容，並融入傳統媒體一直抗拒的網路與新媒體傳播，獲得電視上已難以觸及的年輕族群，並持續利用新媒體延伸出新的原創內容，強化自身品牌形象。多年耕耘下，JTBC形象翻轉，人們願意相信、甚至主動爆料給JTBC，包括崔順實的平板電腦。

孫石熙所秉持的新聞產製概念，也使JTBC為南韓社會釐清許多複雜的時事議題，在媒體受箝制的黑暗時期中，以民營商業電視臺之姿扮演起公共電視臺做不到的角色，更因新聞而擦亮JTBC的招牌，連帶提振電視臺其他節目的能見度，成功轉虧為盈。

但事情總有兩面性，孫石熙的個人光環太過耀眼，就算這段期間一直透過新增

加的單元提高記者能見度，順勢培養接班人，眾人仍擔心「沒了孫石熙的ＪＴＢＣ該怎麼辦」；而此刻，ＭＢＣ與ＫＢＳ終於回歸正常，與ＪＴＢＣ展開良性競爭，面對他臺挾著更為龐大的資源，ＪＴＢＣ如何固守領土，成為考驗。

臺灣媒體需大破大立，製作有遠見的新聞

本書作者丁哲雲是《傳媒今日》中堅記者，堪稱韓國媒體圈「距離孫石熙最近的男人」。他觀察探究ＪＴＢＣ的期間，我正好是旗下的專欄作家，撰寫臺灣媒體動向，我也曾協助ＪＴＢＣ《新聞室》的〈事實查核〉團隊，確認來自臺灣的時事與謠言，親眼目睹他們的努力不懈，使新聞工作者的角色得以發揮正向機能。

每回和這些人會面互動、討論媒體生態，我的感觸是，臺灣雖沒有如此赤裸的政經勢力介入，但若媒體管理高層與主管無大破大立的決心，或新的長期經營戰略，無法擺脫短線的收視炒作，我們很難期待如同南韓一樣的戲劇性情節能在臺灣上演。期待孫石熙的新聞學，也能帶給臺灣正向的影響。

推薦序／

從南韓民主化一路走來，成爲新聞典範

林麗雲（臺灣大學新聞研究所教授）

本書講述了韓國知名的電視新聞主播孫石熙對新聞的專業理念，作者為韓國《傳媒今日》記者丁哲雲。《傳媒今日》是專門報導南韓媒體產業的媒體，丁記者十分了解韓國政治經濟體制下的媒體問題。他以孫石熙的新聞專業為題發表專論，有其意義。

從韓國政治脈絡中，養成新聞人孫石熙

近年來，孫石熙以新聞專業突破結構的限制，影響了韓國的新聞業、甚至政治局勢的發展。他從一九八四年開始一直到二〇〇九年，長期任職於公營的ＭＢＣ。但在二〇〇年，保守黨政權上臺，嚴重干預了公營媒體（包括ＭＢＣ及ＫＢＳ）的編播政策及人事，最後使得孫石熙選擇離開了ＭＢＣ。

二〇一三年，孫石熙進入有線電視臺ＪＴＢＣ，擔任主播兼報導總括社長，

領導整個新聞團隊；二〇一四年發生世越號船難時，JTBC勇於質疑政府的救援行動，又在閨密門事件中提出崔順實干政的關鍵證據，引發百萬公民走上街頭的燭光運動，促使朴謹惠政權垮臺。孫石熙本人不僅得到「宋建鎬新聞獎」的殊榮，JTBC也成為韓國民眾歡迎度及信任度最高的新聞媒體，改變了韓國的政治局勢。是以值得關注本書探討的孫石熙的新聞專業意理。

本書架構即從韓國的政治脈絡來呈現孫石熙專業意理的形成，從中可看出大時代與個人生命的交織。在歷史的關鍵事件中，有著孫石熙的認知、掙扎、抉擇，但他也在一次次的行動中，更確立了中心思想與方向。

一九七四年，《東亞日報》編輯部爭取新聞自由，當局要求企業界不得在上面刊廣告，卻引發讀者主動捐款聲援。當時孫石熙還是高中生，也參與響應。後來孫石熙進入MBC，此時正值民主運動興起，這也讓孫石熙內心有了掙扎——要做一個政府的傳聲筒，還是回應社會民主的聲浪？對於在那個時期沉默的自己，他感到羞愧不已。

也因為有這樣的感受，孫石熙深切明白新聞自由的重要。於是他加入了甫成立的MBC工會，以爭取公營媒體獨立於政府控制。但他仍不斷面臨掙扎：他個人參加了工會，但是否要以主播的身分公開表態，在主播臺戴上「要求公正報導」絲帶？這次，他選擇了公開表態支持，也因此遭到警方羈押。但這些砥礪，使他內在追求新聞自由的聲音，更大聲了。

因此，當二〇一三年孫石熙加入JTBC時，也曾被質疑是否被保守陣營收編，因為JTBC屬保守派的《中央日報》集團，這個集團又與三星集團有關。孫石熙還是存在著掙扎，但他內在的聲音是，「想拚一次（報導真實）」。後來在他的領導下，JTBC也確實無懼的批判三星集團，更揭發政府的種種弊端。

打破儀式化的客觀中立，為真相理出脈絡

作者也進一步清晰描繪出孫石熙建立了什麼樣的新聞典範。孫石熙深受新聞界前輩——韓國記者李泳禧以及美國CBS電視臺主播華特克朗凱的影響，將他們的理念內化成自己的專業意理。

在本書中，他提出記者之於客觀中立的思考。孫石熙認為記者不應只一味追求客觀中立，否則只會淪為虛偽的儀式，但他也不贊同記者持有特定意識型態，韓國媒體有保守派與進步派陣營，如同臺灣媒體也會有偏藍或偏綠傾向，顯現新聞媒體的多極化，這其實是把新聞當成利用的工具；此外，新聞工作者從政的情況也屢見不鮮，這也是孫石熙極力要避免的，只有如此，才能在真正的客觀中立上站穩腳步，也才能體現他渴望呈現的「脈絡新聞學」——在重要議題上為閱聽大眾抽絲剝繭、挖掘證據，闡明事情的真相及來龍去脈。他本人即在節目中經常對政治人物提

出尖銳質問，也在JTBC新聞節目中開設〈事實查核〉單元，專門調查眾說紛紜的議題，在假新聞充斥的時代，十分有意義。

韓國媒體奮鬥歷程，值得臺灣借鏡

本書對臺灣新聞界極具參考價值，南韓與臺灣有相近的民主化時程，八〇年代，兩國均有民主運動；九〇年代也有新聞自由運動，當時臺灣部分報業記者也參與其中，建立了民主化運動中記者的典範。

但兩國的媒體生態有別，南韓以公營電視臺為主，讓孫石熙有機會在公共媒體中養成對新聞專業的認知與個人聲望，並參與工會，爭取媒體的新聞自由。相對地，臺灣的無線電視頻道一直以私有為主，在九〇年代，廣播電視產業又歷經私有化，使得媒體記者較少參與工會與新聞自由運動，也少了如同孫石熙經歷的記者類型。藉由本書，臺灣應可思考如何打造更好的媒體環境，讓臺灣有志於新聞工作者也能像孫石熙一樣，有充分的機會建立起專業與典範。

臺灣媒體人，齊聲讚譽

一個在全斗煥威權統治時期選擇沉默，自覺羞愧並被大眾唾棄的新聞主播，如何一步步透過現場採訪、犀利提問、公正報導，進而成為南韓最具公信力與影響力的新聞人，最後更把閨蜜干政的朴槿惠拉下總統寶座？

本書所解析的精采故事告訴我們：建立新聞公信力沒有捷徑，必須一點一滴累積公眾的信賴，並且鍥而不捨監督權勢人物，才能善盡媒體的職責。「孫石熙的脈絡新聞學」所燃燒的記者魂，值得新聞工作者深刻反思。

——何榮幸（《報導者》創辦人、執行長）

本書最吸引我、且能觸發對臺灣媒體的反思是三件事：第一，孫石熙在MBC工作時，為了實踐「編採獨立」而抗爭，乃至入獄的那段故事。在臺灣媒體重新討論「公共媒體法」和公媒整併制度設計的時刻，這段經驗值得再三反思；第二，「脈絡新聞學」的實踐，讓一樁重大事件能以多條目、多角度被反覆討論。在本書中，它不再是理論，而能確實的落實到製作的觀念和流程上；第三，是孫石熙在JTBC推動的「數位優先」政策，直接迎戰電視收視習慣的快速改變，對出身傳統電視的新聞人而言，「比起現有收益，高觀眾觸及率更重要」的覺悟難能可貴，足以成為臺灣媒體工作者思考未來的借鑑。

——李志德（資深新聞工作者）

每個時代，都有屬於那個時代的記者，但只有極少數的記者，其本身就足以反映那個時代，成為時代的見證。從威權橫跨到民主，並使一個政權垮臺的孫石熙，即是這樣的新聞人。他的成功或故事無法複製，但從這本書，我們可以讀到他如何自我拷問，如何使自己成為這樣的孫石熙，其中一些know-how或許可以幫助我們學會閱讀新聞，學著當一個更好的社會的書寫者、時代的記錄者。

——阿潑（文字工作者）

一位電視主播，如何歷練成為能把總統拉下臺的新聞英雄？一個乏人問津的電視臺，如何在三年內贏得收視率、影響力、信賴度、喜好度，成為全國第一？這是孫石熙和JTBC的傳奇故事，也是當代韓國廣電新聞自由史、媒體工會抗爭史、新聞理論和實務演進史。故事精采、視野宏觀、理論扎實、實務創新，非常值得臺灣新聞工作者閱讀、省思、觀摩。

——陳順孝（輔仁大學新聞傳播學系副教授）

南韓新聞人持續的努力與其成果，透過孫石熙向世人展現，壞竹還是可以出好筍。即便面對官商重壓，即便投身保守派報業創辦的電視臺，即便身處手機與網路時代，「老派」新聞仍可歷久彌新，「激進與務實」得以共生、不是兩難。而它的具體表現，正是「脈絡新聞學」——中立，不是商業化的「客觀主義」，是「公正且不偏倚」；不斷探問、找出事件脈絡，讓孫石熙的提問成為對立陣營強烈希望知道的內容；他也讓任何有權有錢、不公正的人都不自在，即使他要付出的代價，是「孤立自己、不接受廣告邀約、不從政」。

——馮建三（政治大學新聞學系教授）

孫石熙可以說是無欲則剛，因為他越有名氣，越是自持節制，「享受不與他人私下往來的生活，讓自己不會有被關說的機會」，並且不追求獲得任何事物，「因而具備了一名新聞工作者應具備的一切」。

但也可以說，孫石熙對當前「有故事卻沒有歷史，有文字卻沒有脈絡」的百貨商品陳列式新聞欲求不滿。他認為媒體應該擺脫記者出入制度的餵養，找回主動權。

有所為，有所不為，孫石熙作為媒體工作者的一生，值得。

——張正（中央廣播電臺總臺長）

孫石熙是當代韓國最具公信力的新聞工作者，卻曾在威權之下，為求生存而噤聲。如今，他不僅備受敬重，其新聞工作理念與方式甚至被譽為「孫石熙新聞學」，成為一位讓權力者不自在的記者。

即使如此，我們不必神話孫石熙，他的成就除了來自對理想的堅持，更有韓國傳媒工作者集體力量的支撐，才能共同對抗權威。沒有勞動權益、沒有工會的集體力量作為勞權的最基本保障，主流媒體的新聞工作者就不會有真正的專業自主，也難以實踐初心與理想，當然，也不會有今日的孫石熙。

——管中祥（中正大學傳播學系教授、臺灣公民行動影音紀錄協會理事長）

韓國媒體界，專業認證

一位韓國媒體記者對國寶級主播孫石熙的詳實紀錄，內容深廣兼具，勇敢而獨一無二。

——朱鎮宇（韓國週刊《時事IN》記者）

如今，「孫石熙」三個字代表的不只是備受信賴的新聞工作者，更是新聞學的一種新趨勢。本書鉅細靡遺地記錄，孫石熙如何在艱險的媒體現實環境裡「成為了孫石熙」，也提供新聞工作者養成的新觀點。

——南載日（韓國慶北大學新聞傳播學系教授）

我所認識的孫石熙，始終相信民主與真正的言論自由是存在的，因此他從未放棄，也認定那就是他必須做到的事。本書描寫這位新聞工作者不向權力低頭且與之抗衡的精采過程，也可說是一場未完戰爭的前半總結。

所有怯懦的偽新聞工作者，都應該拜讀此書。

——鄭燦亨（YTN電視臺社長）

作者序／

只要有新聞，我們就需要孫石熙

我為何不自量力的決定寫一本關於「孫石熙新聞學」的書呢？

自開播以來收視率、影響力、信賴度皆長期低迷的一間電視臺，迎來一位新任新聞負責人三年後，便躍升為晚間新聞時段的收視率、影響力、信賴度、喜好度第一名，同樣的例子歷史上有幾個？身為一名研究媒體的記者，我自然注意到了JTBC與孫石熙。

孫石熙是揭開朴槿惠與李在鎔等韓國官商勾結真面目的新聞界重要人物。揭發崔順實干政、朴英洙特檢、百萬人民燭光示威、李在鎔被拘留、朴槿惠被彈劾與罷免、提早政權交替，這些事件裡，新聞媒體發揮關鍵作用，而JTBC的影響力尤其突出。二〇一七年三月十日上午，韓國憲法法院宣判朴槿惠是否被罷免前，韓國入口網站即時搜尋排行的第一名關鍵字竟不是「朴槿惠」，而是「JTBC」，足見JTBC在該事件裡的重要地位。

孫石熙的新聞，讓人民親眼見證政治權力與資本主義所創造的虛偽神話瓦解。在二〇一七年韓國版光榮革命的過程裡，孫石熙透過新聞為人民建立常識，也體現了正義。甚至可以說，若不是孫石熙，便無法成就革命。

＊　＊　＊

總統朴槿惠的罷免起於一則新聞，二〇一六年十月二十四日，JTBC《新聞室》報導〈取得崔順實平板電腦〉。十月二十六日，韓國朝野一致同意成立特檢進行相關調查，等於對朴槿惠的政治生涯宣判死刑，那天正巧為朴槿惠父親朴正熙的忌日。JTBC取得崔順實的平板電腦只是巧合嗎？其實，所有巧合裡，都隱藏著來龍去脈。

只憑一臺平板電腦，無法完整說明韓國版光榮革命與韓國憲政史上首度的罷免總統事件。當時的檢調機關及憲法法院充斥許多由朴槿惠任命的人，國會與媒體亦由保守派把持。到底是什麼原因使保守派土崩瓦解？某日，我與任職於時事週刊《時事IN》的朱鎮宇前輩共進午餐時，我不禁向他請教朴槿惠為何垮臺？

他答：「主因應該是世越號船難，崔順實的平板電腦根本沒那麼重要。經歷世越號船難的所有怨氣不都變成了百萬燭光的怒吼嗎？全國人民都看見彼此心中的憤恨和對民主的渴望了吧！連朴槿惠、禹柄宇#底下那些檢察官都很清楚的看見了，那不是紅鬼子和專搞示威的人發起的遊行，是人民的怒吼啊！況且實情跟媒體報導有很大出入。世越號發生時，像我們這種有孩子的人要是知道孩子都被困住，絕對顧不得鞋子穿了沒也要拚死跑去救他們，那才是人之常情吧？但她竟然七個小時內什麼都沒做，只在乎她的頭髮！就是這點讓所有人憤怒！」

朱前輩說得沒錯，朴槿惠是因世越號船難開始走下坡，政府的應對荒腔走板到無法理解的程度，世越號船難反映的正是朴槿惠政府全體的無能。但說到無能，媒體也好不到哪裡。

不過，韓國人民從未忘記世越號船難的教訓，心中永遠記得那一個個沒入海底的年輕夢想與生命，最終發動了燭光革命，粉碎當前政權。

回到孫石熙。發生世越號船難後的幾年內，ＪＴＢＣ持續探討世越號議題，船難後的兩百多天，晚間新聞都有世越號相關報導，他們未曾遺忘；船難的三年後，世越號被運抵木浦新港，ＪＴＢＣ記者也駐留於現場長達六十多天。後來，The Blue K企業大樓管理員協助開啟辦公室的抽屜，崔順實的平板電腦便落入ＪＴＢＣ手裡。說得誇張一些，正是孫石熙不忘持續關注已經沉沒的世越號，才有日後的發展。

韓國青瓦臺前民政首席祕書，因崔順實案遭到調查。

事實上，孫石熙初入社會時，曾是全斗煥新軍部所掌控的電視臺旗下主播。一九八七年，韓國出現媒體民主化的訴求後，孫石熙秉持良心、佩戴「力爭公正報導」的絲帶，疾呼媒體做出公正報導，因而一度入獄。進入二十一世紀，孫石熙主持韓國最著名的晨間廣播時事節目與時事談話電視節目，成為韓國新聞的象徵人物，也成為最具影響力的新聞工作者。人人都開始仰賴孫石熙的新聞報導。

＊＊＊

後來，身為公營電視臺象徵的孫石熙離開待了三十年的MBC，轉而擔任民營電視臺JTBC報導總括社長[#]，於公司內外展開一場孤獨的奮鬥。相較於期待他成功，更多的是等著看他失敗的人。孫石熙上任後，原先抱有懷疑的閱聽大眾開始見證他一步步突破「三星」與「有線綜合臺[##]」這兩大玻璃天花板的限制，並感到一股痛快，最終不得不給予認同。

但在進步派媒體運動陣營的固有觀念中，有線綜合臺必然都是非中立的，JTBC也一定會為三星辯護，這讓孫石熙似乎成為下架有線綜合臺的障礙。進步派媒體運動陣營長期將幾家保守派媒體視為洪水猛獸，並以「傾斜的運動場[###]」比喻，為自身抗爭取得正當性。隨著孫石熙於JTBC漸漸做出成績，在野的進步派政黨也於二〇一六年國會選舉獲得勝利，使進步派媒體運動陣營不得不回頭審視

\#　「報導局」臺灣稱「新聞部」，報導總括社長（보도 담당 사장）意為新聞部之最高負責人。

\##　韓國的有線綜合臺有JTBC、MBN、TV朝鮮、Channel A，皆成立於保守派總統李明博執政時期，母公司分別為保守派報社《中央日報》、《每日經濟新聞》、《朝鮮日報》、《東亞日報》。其中，《中央日報》由三星集團創辦人李秉喆於1965年創立，1999年從三星集團中獨立。

他們自身的武斷，是如何導致運動以失敗收場。

孫石熙辭去兼具名聲與地位的教授職，選擇踏上一條艱難的路，承受質疑與指責，在正義尚未實現的這個時代背負起使命。孫石熙的成就讓所有關注韓國新聞史的人也提高了看待事情的標準。這並非是說孫石熙的新聞報導已臻於完美，但他的新聞報導，確實追求完美。

對任何人而言，孫石熙永遠是個讓人不自在的人物。他對所有受訪者一視同仁，發問犀利且具攻擊性，且不隨任何陣營起舞，始終保持中立。發生世越號船難與崔順實干政案後，人民無不期待新聞媒體能夠實現正義，而孫石熙做到了。他不僅將新聞學理論與現實社會巧妙融合，成就了如今的JTBC《新聞室》，獲得大眾支持，可說是韓國新聞史上絕無僅有的。當韓國的新聞媒體陷入不被信任的泥淖，孫石熙卻走出不一樣的道路。

自二〇〇四年起，孫石熙便蟬聯韓國《時事週刊》「媒體人影響力調查」冠軍長達十二年，二〇一六年更以七五．八%的得票率獲得壓倒性勝利。當過主播、學者，如今身為電視臺報導局負責人，不僅為新聞界奠定「脈絡新聞學」的典範，更讓閱聽眾銘記「事實查核（Fact-Check）」的概念；世越號船難後，他安排記者常駐於事故現場數月，讓人看見「議題維持（Agenda Keeping）」的重要性；他亦透過〈主播簡評〉單元，為新聞增添感性與格調。

指政治版圖向保守派傾斜，使進步派更無獲勝可能。

現在，我們正見證「孫石熙新聞學」的時代。

＊　＊　＊

我自二〇一〇年起擔任研究媒體的記者至今，最常被問「JTBC何以有那樣的表現？」、「JTBC還能維持多久？」，相信本書能夠提供解答，了解公營電視臺與政權如何沆瀣一氣、混淆人民視聽；至二〇一六年冬天，光化門廣場集會這段期間，JTBC《新聞室》如何像燭光般，於黑暗中引領民主主義前行。

本書分為四大章。第一章為〈起源〉，以孫石熙的個人生活及在第五共和國時期[#]任職於MBC的經歷，追溯今日的孫石熙於過往人生中的轉捩點；第二章為〈誕生〉，描述變成其職業生涯之養分的節目《孫石熙的視線集中》成功的祕訣，以及與政治圈畫清界限後，作為一名新聞工作者漸漸發揮廣大影響力的過程；第三章為〈挑戰〉，分析他離開任職三十年的MBC、轉任有線綜合臺JTBC報導總括社長的三年內，JTBC劇烈的轉變及背後意義；第四章為〈登峰造極〉，記錄JTBC的活躍如何促使朴槿惠下臺，孫石熙如何透過新聞為韓國社會帶來溫暖，以及在不同主張與框架內的激烈角力。較關注近年事件的讀者，亦可從第三、四章開始閱讀。

韓國「第五共和國」統治時期約為1981～1988年，時任總統全斗煥展開近8年的獨裁統治。

此書並非孫石熙評傳，而是意在分析促使ＪＴＢＣ產生變化的新聞工作者孫石熙，何以受到諸多閱聽眾的高度支持。唯，本書將側重於敘述核心人物孫石熙的生命軌跡，因為要充分理解一個人的言行，就必須認識他一路走來的點點滴滴。

＊＊＊

我與孫石熙的個人交集始於一封簡訊。孫石熙告訴我「我讀了你的報導」，後來約在首爾上岩洞，以記者與受訪者的身分一起吃了頓飯。孫石熙的生命經歷全是韓國新聞史的重要內容，我在如此重量級的人物面前探討他的新聞學，如今想來，仍覺不自量力。

既然如此，我為何毅然行之？

那是我第一次與孫石熙用餐，我注意到他穿著一雙黑色皮鞋，非常老舊。堂堂電視臺報導總括社長所穿的皮鞋，竟然與我那大半輩子都在工地裡揮汗勞動的父親所穿的皮鞋類似。倘若我當時沒注意到那雙皮鞋，或許無法撐過那段因寫稿壓力龐大而夜不成眠的日子。

本書若無《傳媒今日》李正煥代表理事的支持便無法付梓，李理事懷有的熱情永遠是後輩應當效法的典範；我也要感謝不吝給予建言、協助本書出版的梅迪奇媒體出版社金賢鍾代表、孫少展次長、金南赫先生；曾被文化體育觀光部黑名單認定為「左傾媒體」的《傳媒今日》各位記者同事，你們的存在為我帶來莫大的力量。對於籌備本書的五個月期間不斷為我加油的三個孩子仁浩、詩元、佑星以及孩子的母親——我的人生伴侶石珍圭，我唯有筆墨難以形容的歉意與感謝。

二〇一七年六月

丁哲雲

前言／一九八七年的孫石熙，二〇一七年的孫石熙

韓國民主化訴求遍地開花的一九八七年五月九日，MBC《新聞平臺》主播孫石熙播報了以下新聞：

「週六晚間的MBC《新聞平臺》現在開始。今日第一則新聞：為了建設南極科學基地，於上個月三日抵達南極的勘察隊，昨日平安返回智利。」

「漢陽大學安山校區縱火事件經檢方調查，昨日依照違反集會與示威相關法律及違反暴力行為處罰相關法律為由，逮捕了縱火的金屬材料工程學系盧炯鎮等十四名嫌疑人。」

「有關最近部分大學所發生的縱火及暴力事件，韓國大學教育協會昨日發表聲明，未來將帶著沉痛的覺悟，盡全力恢復大學原有的教學秩序。」

「前陣子，以色列特拉維夫舉辦了『狗』的足球比賽。」

一九八七年五月，是孫石熙無力又羞愧的一段日子。但三十年後，手持燭光的

人民成功迫使總統與非法勢力下臺，二〇一七年五月九日，JTBC《新聞室》主播孫石熙播報了以下新聞：

「今天是選出大韓民國新任、第十九任總統的大選之日。在這樣的日子裡，我們更加體悟到，每一票都是很重要的。」

「今天，我們將攝影棚設在這裡，是因為曾經聚集在這個廣場上的人民所發揮的力量，才帶來這次的提前大選，這樣說應該一點也不為過，因此我們決定在這裡與各位面對面交流，進行今天的大選開票直播。」

「現在外面有許多市民正在呼喊。根據我們的計票結果，我們將宣布民主黨總統候選人文在寅確定當選第十九任總統。」

「明天，新總統即將上任，我們期待能夠產生許多改變。作為新聞媒體，我們也會繼續不受動搖地為您呈現新聞應有的樣貌。」

在光化門廣場展開的燭光示威，在光化門廣場推動的總統彈劾，在光化門廣場追思的世越號犧牲者……讓孫石熙決定於總統大選當日，在光化門廣場搭建戶外攝影棚，進行開票直播。雖然當晚陰雨連綿，許多市民依然聚集於戶外攝影棚前，周圍幾乎水洩不通，眾人忙著用手機想拍下孫石熙坐在新聞攝影棚的模樣，與他一同等待政權交替的那一刻。相反地，附近的KBS、MBC、SBS攝影棚卻乏人問津。

一九八七年民主運動時，主播孫石熙是個心懷羞愧的新聞工作者；三十年後，他依然堅守新聞播報臺，並在二〇一七年的韓國版光榮革命裡，成為最大放異彩的新聞工作者。

「是孫石熙叔叔！」一位騎在父親肩上的孩子叫道。

孫石熙暫時走到攝影棚外時，所有市民都不斷喊著：「孫石熙！孫石熙！」

當日的開票直播，最佳註解就是「人民創造的偉大旅程」。

第一章 起源

要理解孫石熙的脈絡新聞學，
就必須先探究他養成批判性思考的生命軌跡。
從他目前的唯一個人著作《蟋蟀之歌》，
或可追溯出孫石熙新聞學之起源。

一等兵的殘酷夏天

孫石熙的童年歲月於今日首爾明洞度過。發生於他五歲、一九六〇年的四一九運動#至今仍以鮮明的存在於孫石熙的腦海：「我捺不住無聊爬到醬缸上往明洞聖堂的方向望去，看到至今也難以忘卻的情景：聖堂旁的聖母醫院，身穿白袍的天主教醫大生扛著參加示威、中槍身亡的學生從坡道跑下來，雪白的白袍上流淌著鮮紅的血。[1]」

孫石熙的父親是職業軍人，陸軍士官學校第七期畢業。前總統朴正熙為第二期，全斗煥與盧泰愚為第十一期。一九六一年，五一六軍事政變##發生前幾個月，孫石熙的父親辭去軍人一職並轉而從商。一開始從事抽水機銷售，卻以失敗告終。倘若孫石熙父親未投入抽水機銷售，而是參與軍事政變行動，孫石熙的人生想必大有不同。

孫石熙的兒時夢想是成為一名天文學者。在就讀國民學校三年級時，他首度體

\# 1960年3月起，由韓國中學、大學生和勞工領導的學運。時任總統李承晚在第4任總統選舉時作票舞弊，導致學生及民眾抗議，最終推翻了李承晚的獨裁統治。

\## 1961年5月16日，韓國陸軍第二野戰軍副司令官朴正熙少將及其侄女婿、韓國陸軍官校中校金鐘泌發動武裝軍事政變，推翻短暫實行民主的「第二共和國」，朴正熙成立軍政府，成為總統。

會到何謂「階級」。他的班導師會挑選便當菜色較豐富的學生一同用餐，更準確的說是直接搶走那些學生的配菜。「我們憎惡著覬覦學生便當的老師，同時又很想被老師叫到前面共進午餐。對於正要褪去稚氣、開始懂事的孩子而言，那是多麼殘忍的矛盾感啊。[2]」

小時候的孫石熙曾有一段時間住在屋頂塌陷的房子，他回憶那段時光：「我抬起頭，看到了此生難忘的風景。本該有屋頂的地方出現了萬里無雲的藍天。[3]」當時的他與家人時常搬家，從位於小山脊的延禧洞示範公寓，到有小蓮池與柿子樹的安岩洞住家，再搬到屋頂坍塌、必須鋪上塑膠布才能防止雨水滲漏的普門洞住家。

「以前生活非常窮」這種故事可能是描繪成功人物時的陳腔濫調，但我認為，貧窮的經驗能提供新聞工作者認識社會問題的重要基礎，因此有必要提到這段故事。我對於社會產生省思的契機也來自貧窮的經驗，以前我住在水泥地板上加鋪保麗龍的半地下室裡，下雨時客廳就會飄起來，每天盥洗前也必須先去除鏽水。那樣的生活雖然殘酷，卻讓我看得見社會裡不被看見的光譜另一端。

孫石熙就讀中學時，由於學校位於彌阿里山坡後方，他每日都步行約六、七個公車站的距離上下學，將省下的車費存起來。

讀高中時，韓國正處於第四共和國#時期（又稱維新時期）。「社會科老師只在黑板上寫下『維新』兩個漢字，沒有多作說明。但他每次上課，都會朝青瓦臺方向

時任總統朴正熙於1972年再次發動軍事政變解散國會，頒布「維新憲法」，主要包括將國民直選總統制改為由統一主體國民會議間接選舉，並廢除總統連任限制等，史稱「十月維新」政變，建立「第四共和國」。

深深的鞠躬行禮。『閣下！祝您萬壽無疆！』我們知道那是一種諷刺。又或者說，大家都知道除此以外，老師已經沒有其他能向我們傳達訊息的方式。[4]」

孫石熙回顧學生時代：「讀中學時，一個朋友擔任報社記者的叔叔或哥哥因為『報導寫得不對』而被人拖去打了一頓。記者真的會寫錯報導嗎？是誰施暴的？我忽然萌生成為一名記者的想法。高一發生了『十月維新』，原本校內成立的廣播社被廢除了。我的一個學長被通緝，後來被抓進警察局裡挨了打，這讓我更想成為一名報社記者。雖然說不出什麼明確理由，但我就是想當報社記者。[5]」一九七四年發生「東亞日報廣告開天窗事件[#]」時，未滿二十歲的孫石熙參與了捐款聲援。至於仍逢維新時期的大學階段，孫石熙本人則未發表過任何公開談論紀錄。

* * *

一九七九年，發生十．二六事件，朴正熙被槍殺身亡時，孫石熙正在軍中服役。「十二六事件發生時，我是軍人……某天站夜哨看到幾名女兵在抽泣，才知道總統死了……走在睽違已久的首爾街頭，清晨的大霧把一切蒙上了灰色，霧裡夾雜著晚秋的冷空氣，籠罩整個世界。[6]」

一九八〇年五月，孫石熙仍是一名士兵，且身在釜山。「身為駐紮在釜山的一

\# 1974年，《東亞日報》發表〈實踐新聞自由宣言〉抗議朴正熙政府獨裁控制媒體。政府要求企業界不能在《東亞日報》刊廣告，因此《東亞日報》將廣告版面空白出刊，以示抗議，更引發民眾自發性捐款刊登廣告。

等兵，我們不可能知道那年五月光州的真實情況[#]。消息一個接一個傳來，報紙和電視卻沒有任何報導。[7]」

士兵孫石熙那時的經歷似乎在記憶中留下了陰影：「……隊裡發給我們沒有子彈的卡賓槍，新任務叫『三清作戰』，要我們去抓『暴徒』……幾天前接受訓練的游擊場改名成三清教育場，那裡再也沒有軍人，抓來的全是平民百姓，在不知道是誰製造的無形框架中接受那些人製造的『暴力式教育』。那是一個悲慘的夏天……我成為一個扭曲、玷汙歷史的『參與者』。[8]」

指5·18光州事件。

所有人都不清醒

一九八四年，孫石熙以主播身分進入ＭＢＣ。他在〈五十歲的我將展現什麼〉一文提到：「二十歲的我不符年齡地陷入虛無主義。為了有所改變，我選擇投入廣電，但那時的廣電環境要求我必須養成某些品德：順應、屈從、拋開問題意識等。我於八〇年代中期決定進入廣播電視圈的抉擇本身，似乎反證了我就是缺乏問題意識。我以這份帶有自嘲意味的原罪感為藉口，別人叫我做什麼，我就做什麼。[9]」

當時的政權正強力管制媒體。一九八〇年春天，在全斗煥新軍部的統治下，全國有一千九百多名新聞工作者被解僱，其中ＭＢＣ有一百多人，龐大的恐懼感籠罩著ＭＢＣ，留任的全變成順應主義者或投機主義者。廣播電視臺淪為第五共和國的宣傳工具，孫石熙正是其中一員，不難想像他自退伍到進入ＭＢＣ，所經歷的無力與挫敗感有多大。

一九八五年，孫石熙進入ＭＢＣ隔年，成為《這裡是85現場！》節目主持人，節目內容為訪問與介紹各地的真人真事。每週五個工作天，他都在全國八道之間來回，且十分樂在其中。「……我甚至幫忙扛攝影機。拍攝用的ENG攝影機相當重，攝影師整日扛著它到處走，絕對會體力透支，到時就拍不出理想畫面了……我覺得如果可以就要做到完美。……我們進入礦坑採訪在坑道盡頭工作的人們；為了尋找捕鯷魚的漁船，徘徊在忠武海岸。[10]」

事實上，該節目真正困難之處在於，「那時還是五共統治的殘酷時期，大家都心知肚明，此企畫的大前提『流汗的勞動現場』其實是為了傳播『絕對的希望，積極的看待世界』……我們竭盡全力希望盡可能少散發出那種『味道』，這並不是件容易的事。[11]」

例如節目組到乙淑島進行採訪，「乙淑島有名的不只候鳥，還有全國最優質的蔥田。因優渥的天然條件，乙淑島的蔥可說是全國品質最佳。但新修建的洛東江河口堤不僅讓候鳥失去棲息地，就連大部分的蔥田也被淹沒。農民失去了土地，不得不遷移到附近的拆遷村。……包括我在內的製作團隊開始發生爭論。[12]」經過苦思，製作團隊決定將面臨拆村危機的農民訪談放入節目中。然而節目播出前夕，該段訪談被迫刪除，改以候鳥飛翔的畫面代替。

當時的MBC尚未成立工會，只存在「報導方針」。孫石熙回憶此事，心中充滿了無力感：「當時豎立在我們面前的那道高牆，不僅阻擋在面前，同時也諷刺著我們——你們太軟弱了。[13]」

另一個使孫石熙感到羞愧的是「和平水壩事件[#]」。一九八六年十月三十一日，民主化訴求遍地開花，各家媒體皆報導「北韓計畫於停戰線北方興建大型水壩，新軍部認為若水壩潰堤，首爾將成為一片汪洋」，那卻是政治策略，目的是轉移大眾對於總統直選制的關注。當時，新聞媒體直接引述政府主張並報導：「若水壩潰堤，會有比一九八四年漢江洪災十倍之多的水量，將導致整個漢江流域陷入可怕的洪水之中。」

媒體無不爭相誇大報導，甚至提出「北韓要藉此干擾漢城奧運」的主張。也有媒體以電腦動畫做出63大廈半截沒入水中的畫面，熱烈地報導北韓的「水攻」戰略。「兩百億噸的水撲向首爾，63大廈將有一半沒入水中」、「南山山腳以下地區都將陷入汪洋，造成比原子彈更大的災害」、「震驚全球的北傀[##]水戰策略」、「韓戰後最大戰爭陰謀」等內容占據各大版面。

該年十一月，政府表示「為消除北傀以水攻進行共產化的野心，請求國民給予支援」，向人民發起建設和平水壩的募款活動。各大媒體不僅從未檢驗政府主張的正確性，還展開激烈競爭以募得更多款項。時任MBC製作人的前TVN代表宋昌義曾於非公開場合提及此事：「當時我們在光化門前拍攝『和平水壩募款活動』節目，卻沒有人捐款，我們只好事先拿錢給路人，請他們假裝捐款。」

\# 1986年，北韓在漢江上游興建金剛山水庫，當時南韓政府稱北韓將會放出洪水，沖毀位於下游的首爾。因此，南韓也開始於江原道華川興建「和平水壩」，唯一功能是攔截金剛山水庫可能放出來的洪水。並舉辦募款建壩活動，國民捐款超過700億韓元。

\## 對北韓政權的蔑稱，意指「北方傀儡政權」。

那時，新聞主播孫石熙也必須播報「北傀水攻」。MBC製作的水災模型同樣呈現出63大廈半截泡在水中的情景。孫石熙回憶：「在那個瘋狂年代，科學理性思考反而成為障礙。播報時，我便會收起笑容，指著旁邊的模型，擔憂著千萬市民的安危和那兩百億噸水，以及被淹沒的63大廈。[14]」

可見他確實對於該事件感到慚愧。「媒體甚至搬出從前的乙支文德和姜邯贊將軍[#]，回憶起『水戰的歷史』。就這樣，『北傀』的水攻不再是毫無根據的主張，而是具『歷史性』的『現實』。[15]」

當時的孫石熙就是那些虛假報導的參與者之一，他曾在〈感到羞愧的媒體人〉一文中提及「和平水壩虛假報導」：「一九八六年底，不僅是全斗煥政權，所有人都不清醒。[16]」

一九八八年，和平水壩第一階段工程結束時，國民捐款總額為七百四十四億多韓元，MBC就募得一百三十億。那些錢後來都到哪裡去了？一九九三年，監察院特檢結果指出，「和平水壩」是全斗煥與張世東為了封鎖在野黨的修憲提議而共同想出的計畫。也就是說，新聞媒體成為政府愚弄國民的幫凶。KBS曾於一九九三年發表：「第五共和國時期，由於威權政府壟斷一切資訊，媒體只能單方面接受政府的判斷。」可說是一份遲來的道歉。

對此，孫石熙認為：「令我慚愧的是媒體當起領頭羊，就算有機會提出質疑，

均為韓國歷史上的將領。乙支文德在薩水（清川江）築壩蓄水，趁隋朝軍隊過河時開閘放水，淹死大批隋軍；姜邯贊在河上築壩，趁契丹軍隊過河時放水，使其傷亡慘重。

我們仍選擇了沉默。」[17]

但在一九八七年六月，孫石熙面臨更多的羞愧。

一名新軍部電視臺主播的覺悟

一九八七年三月八日，於美國駐韓大使館前方大喊「摧毀長期執政陰謀」、「救回朴鍾哲[#]」、「為光州事件負責」後自焚的勞工表政斗宣告死亡。當日MBC《新聞平臺》頭條新聞內容如下：

「各位觀眾，週末過得好嗎？現在開始週日晚間的MBC《新聞平臺》。為了觀察在中國與西伯利亞產卵、在我國與日本過冬的世界級稀有鳥類白頭鶴的生態，本臺與日本NHK共同製作《白頭鶴的旅程》節目組，首度完整拍攝到白頭鶴今早於日本出水市啟程、傍晚六點二十一分抵達我國金海市新于里水庫的飛行過程。」這則報導的標題為「白頭鶴產卵與遷徙生態之調查」，主播是孫石熙。

一九八七年二月，全國上下都因朴鍾哲被刑求致死而議論紛紛，孫石熙卻必須播報「叮全新聞[##]」。以二月十五日為例：「全斗煥總統今日向於荷蘭海倫芬舉行的一九八七年度世界男子全能競速滑冰錦標賽，五百公尺組奪冠選手裴基兌發布賀

首爾大學生朴鍾哲投入反對全斗煥政府獨裁統治的民主抗爭活動，於集會中被捕，被非法拘禁、刑求拷打，最終被水刑逼供身亡，得年21歲。他死亡的消息最初遭當局封鎖，事跡敗露後，引發韓國大規模民主抗爭運動，史稱6月民主運動。

땡전뉴스，公營電視臺KBS與MBC整點新聞開始前的報時聲「滴－滴－滴－叮！」在全斗煥執政時期，報時聲後的頭條必定與全斗煥有關。

電，讚揚其傑出表現。」

令人羞愧的報導一再出現。一九八七年六月十五日，一群示威人士於明洞聖堂前發現MBC的採訪車，對其發動攻擊（驚人的是，三十年後的二〇一七年，MBC採訪車又成為示威遊行者的攻擊對象）。當時採訪車不僅遭到損毀，司機也被毆打，同車記者是崔一九。

崔一九回憶：「示威群眾罵著『MBC這些狗東西』，跳到汽車引擎蓋和車頂上，把兩邊後照鏡都打爛了，還試著要開車門，我們就開始倒車，好不容易才擺脫他們。[18]」要求落實民主的示威人群占據了整個明洞，《新聞平臺》高層卻下令報導「回歸平靜的明洞」，欺騙大眾「示威集會已結束」。於是，MBC記者紛紛拒絕外出採訪。

一九八七年，六月民主運動爆發，孫石熙是一名被大眾唾棄的新聞主播，正如金在哲擔任社長後聲勢一落千丈的MBC。沒有人比孫石熙更清楚當時MBC的新聞慘況。「在那炙熱無比的一個月裡，我做的事只有從畫面裡『觀看』激烈的攻防戰。播完深夜新聞、下班回家的路上，看到遍地的石頭和玻璃碎片，還有直至深夜也未散去的催淚彈氣味。那是我親身經歷的一九八七年六月。[19]」

動盪的時期裡，孫石熙不斷自問：「此時，我身在何處？」心中充滿羞愧。三十年後的二〇一七年，孫石熙主導了崔順實干政案相關報導，此奮鬥的過程或許正源自他心中對一九八七年六月的龐大愧疚，因為當時的他是個旁觀者。「雖然我們是站在第三者的立場報導，石頭和燃燒瓶仍朝我們飛來，我們沒有任何防禦措施；雖然大家都知道僅有一個辦法，卻缺乏實踐的勇氣。『一九八七年的六月』不會原諒那樣的我們。[20]」

人民要求MBC公正報導，MBC卻無法違抗新軍部。後來，「六二九民主化宣言#」誕生，同年十月二十九日，以《韓國日報》為首，媒體開始成立工會；十二月九日，MBC成立韓國第一個電視臺工會。工會創立宣言寫道：「正如人民有權享有乾淨的水源與空氣，人民亦有權要求媒體作出健全的報導。我們必須全面修正以往扭曲與屈從的媒體體制，全由媒體人運作，使媒體發揮原有的功能，滿足閱聽眾的需求。」

孫石熙加入了工會，他描述當時的情況：「民主運動結束後，MBC成立工會，我馬上遞交了入會申請書，未曾想過那將促使我的人生朝全然不同的方向發展。我想要終結只在原地徬徨的二十代##，也想擺脫一直以來主宰我內心的茫然，我不過是懷著那樣的心情遞出申請。在電視臺任職的三年……雖然性質不同，但宛如中世紀黑暗時代的我的二十代時光能因此被拯救的話……。[21]」

但記者梁成熙在〈公正報導的招牌人物：主播孫石熙〉一文提及：「孫石熙表示他即將加入工會時，有些前輩甚至公開懷疑他可能是臥底。[22]」

\# 光州民主化運動後，迫於緊張局勢，執政黨民主正義黨總統候選人盧泰愚在1987年6月29日發表「6·29民主化宣言」，支持韓國民主化，並在同年10月公投通過韓國的新憲法，恢復總統民選。

\#\# 「代」為韓語中年齡層區段的統稱，例如10代為10～19歲。

雖然盧泰愚當選總統後的民主化似乎未能改變任何事，但韓國媒體界確實於一九八八年迎來媒體民主化的時代。ＭＢＣ工會正式開始運作，同年亦發生一個大事件，成為孫石熙職涯出現變化的契機。如今回顧，該事件更徹底改變了孫石熙的人生。

一九八八年，ＭＢＣ即將展開韓國廣電史上第一次罷工。當時孫石熙擔任週末ＭＢＣ《新聞平臺》主播，他身為工會成員，必須依循工會決定，佩戴寫有「力爭公正報導」的絲帶出現在螢光幕前，公司自然不會允許。這讓孫石熙內心充滿無法言明的壓力：

「不幸的是，我害怕星期六的到來。電視不只屬於工會，公司的攻勢和工會的抗爭都屬於正當行為，但工會成員是否一定要聽從工會決定，出現了意見分歧，因為個人會持續處在艱難的環境下。[23]」

到了週六。於家庭主婦教育類節目中擔任記者的李章浩和李顯卿都佩戴絲帶出現在電視畫面上，午間新聞主播金成浩雖在新聞開始前佩戴了絲帶，卻立即被人扯下。孫石熙於播報新聞的一小時前還未能拿定主意。最後，他的決定如何？

「開播三分鐘前，我坐在攝影棚內的主播臺，手摸著口袋裡的絲帶。開始跑新聞片頭了，幾段廣告過後，畫面上就會出現我的臉。ＭＢＣ的所有人都在等待著這一刻……我取出了絲帶，然後犯下極為羞恥的機會主義者的錯誤——我沒有把絲帶佩戴在西裝衣領，而是戴在西裝內的襯衫口袋。[24]」

那天，他等於未佩戴絲帶。

「我不是在播報新聞，而是開始了一場自己與自己的戰爭。那真是一場痛苦、自我合理化的戰爭。畫面外的人似乎都在對我指指點點，我越來越感到臉頰發燙、不知所措。播報新聞的過程中，那個被西裝衣領遮住、時隱時現的絲帶，如實的暴露了我那腐爛的良心。[25]」可見孫石熙對他當時的行為多麼羞愧。孫石熙當晚徹夜未眠，對於「必須自己負起責任、非常關乎『人性』的良心問題」感到痛苦。隔天，孫石熙在週日MBC《新聞平臺》裡真正佩戴了「力爭公正報導」的絲帶。

「星期六做了那種拙劣的偽裝，星期天如果又逃避，那我將會永遠喪失自我。[26]」孫石熙意志堅決，播新聞前，同事問起他是否會佩戴絲帶，他表示「我今天會佩戴」。報導局頓時人仰馬翻，新聞開始前三分鐘根本不可能更換主播。前一天孫石熙未將絲帶別在外側讓所有人都放鬆了警戒，無論是工會或公司，都沒有人在更早之前問孫石熙是否會佩戴絲帶。

「我也許會因這件事失去主播的工作。但我已經做好心理準備……我用顫抖的手取出絲帶，戴在西裝衣領上。同為工會成員的攝影師彷彿也燃起熱情……工會的執行部和抗爭委員排成隊伍，以防有人在開播前搶下我的絲帶。[27]」

那場景如同電影般。於是，「力爭公正報導」幾個字靜靜出現在電視臺的晚間新聞，許多MBC新聞工作者協助守護了孫石熙佩戴的絲帶，更準確而言，是守護了一個人想保有自我良心的意志。當日，孫石熙未出一點差錯，順利完成播報，成就了今日的孫石熙；那些頭上綁著絲帶、包圍攝影棚的同事，則成為日後MBC製作公正報導的中流砥柱。

二十年後，二〇〇八年在YTN的新聞畫面裡也出現了要求公正報導的徽章與絲帶。當時有六名YTN記者因為這項訴求而遭到解僱，其中三名至今仍處於被解僱狀態。故有許多人嘆「新聞媒體退步」。

＊＊＊

一九八八年八月十日，MBC工會申告了韓國廣電史上第一則勞資爭議事件。於一九八八年二月就任MBC社長的黃善必，此前只擁有文化公報部與青瓦臺發言人的資歷，這是一項典型的空降式人事任命。工會發動徹夜靜坐示威、佩戴抗議絲帶等行動，最終於八月二十六日發起韓國首次電視臺罷工，罷工目標為「確立公正報導之條款」與「黃善必社長下臺」。

罷工第四天，黃善必提出辭呈以及宣布實施報導局主管「任內評價制」，罷工宣告結束。後來，曾擁護《維新憲法》的MBC評論員金榮洙雖接任社長，卻因上班被阻撓，很快就卸任了。工會開始累積一次又一次獲勝的經驗。

隔年，一九八九年二月三日，MBC播出以光州民主運動為主題的紀錄片《母親之歌》，長達七十分鐘，傳達光州民主運動的真相，全國人民備受震撼。此後，改變的步伐繼續向前邁進。同年，MBC播出評論自家報導的特別節目《話說MBC》，為觀眾留下深刻印象。節目替一九八八年的史上第一次罷工下了註解：「企圖清算曾經淪為政權管控之媒體的屈辱過往，找回民主媒體之面貌」，這個具有歷史意義之節目的主播，即為孫石熙。

孫石熙在節目中說道：「維新體制下，新聞媒體一面以民營企業模式運作，一面接受政府的特惠與保護。可以想見，這樣的新聞媒體自然會受政權管控，淪為體制的宣傳工具，使人民脫離政治。」這時，孫石熙終於深刻體悟，並迎來媒體民主化的春天。

穿上囚服的他笑了

一九八八年，放送文化振興會依《放送文化振興會法》接管ＭＢＣ，使其轉為公營電視臺。ＭＢＣ具有強而有力的工會歷史，一直是媒體界的領頭羊。工會藉由與經營高層之間不斷的來回攻防、累積獲勝經驗，而得以確保媒體製播內容的自主性。無論是否出身社運界，許多高學歷的白領人士都選擇加入工會，媒體工作者追求公正報導的同時，不僅提升自身榮譽感，也體認到自己亦為公司的主人之一，進而產生更大的熱愛。

ＭＢＣ的競爭力就在「工會」。一九八九年，ＭＢＣ勞資雙方協議簽署的團體協約第二十四條「公正放送協議會（公放協）營運規則」明定，編播、報導、製作等媒體實務的責任與職權在於相關部門主管。此「部門主管責任制」是為了防止外界施壓而左右節目內容的一項重要措施，更是ＭＢＣ的驕傲。

ＭＢＣ員工之所以能夠養成「自己是公司的主人」意識，並非由公司經營高層所傳承，而是具有強烈團隊精神的員工們共同發展出來的。工會不僅有助於清除威權式的企業文化，亦能創造民主氛圍，使電視臺員工盡情發揮創意。

關於這段時期，MBC製作人兼工會創始成員金平浩（現為檀國大學傳播學系教授）指出：「MBC的優點是『組織文化』。即使政治傾向不同，前後輩間的團結感還是很強。如果發動罷工，前輩會照顧後輩並告訴他們辛苦了，不像現在用毫無人性的方式管理組織。那是前輩會為後輩擔下所有事情的時期。[28]」MBC擁有史無前例的強大工會，孫石熙正是在這樣的公營電視臺裡一路磨練過來。

九〇年代初期，孫石熙因主持教育類節目《獎學競猜》走紅。然而，當時的孫石熙似乎懷有苦惱與問題意識，感到思緒紛亂。「某個學生判斷自己的分數進了獲勝的安全線內，於是就算知道的問題也不肯搶答……有一次，一個學生的答案被判定為錯誤答案，沒想到錄製節目期間，臺下的學生家長紛紛站起來表示抗議……當事學生認同了我們的說法，他的母親卻還是一臉怒火……在永不停止的競爭過程中，必須淘汰少數之外的大多數，而那些被淘汰中的大多應該受到社會保護。我們必須改變為了競爭不惜犧牲性命的現實，就算改變需要很長的時間，但現在正在發生的社會改革不也是如此嗎？[29]」

工會所帶來的共同體經驗亦加強了孫石熙的問題意識。他自一九九〇年起擔任工會的教育文化部長，也與同事自組「民族現代史研究會」深入研究韓國現代史。

他在公司創立名為「摯愛之歌」社團，成員包括製作人鄭聖厚、李禎植、主播鄭恩恁等，在日後的MBC罷工中都扮演了重要角色。

孫石熙擔任工會幹部時期，帶有強烈的社會問題意識，且於諸多問題上顯得較為激進：「單看被解僱的工會成員，行政部門就跟翻書一樣推翻了法院判決。這個社會的原則和權威何在？政府呼籲不能過度消費，青瓦臺卻建造了耗資幾百億的新房；財閥們看中的地皮能隨心所欲變更土地用途，建造豪華別墅。這個社會的規範何在？政治教授不研究學術，坐上總理的位置，他開除的教師讓這個時代傷痕累累。究竟何為正義？家境貧寒的孩子，無論如何努力累積實力，但位置早就被那些獻上幾億幾千萬的有錢人家的孩子占據。這個社會的平等又何在？[30]」

「大韓民國的青年在部隊被如此強制要求，但也學會了敷衍了事、裝模作樣的混日子。他們會把那套低效率的軍隊文化帶到社會上，然後與以創意和生產為驕傲的資本主義社會，畸形的連結在一起。[31]」

「這個社會呈現出的經濟結構矛盾，把非勞動收入的道德標準變得正當化了，最簡單的方法就是投資房地產，只要有錢賺，那些人絕對不會視而不見。由此而來的不勞而獲，讓我們的政治、經濟和社會，各方面都骯髒的勾結在一起，更悲哀的是，最終讓那矛盾持續擴大的惡性循環，一直持續到今日。[32]」

「我們製造出的經濟剩餘價值，必須分配給『生產者』。那些脫離生產過程的人，在被非勞動收入獨家壟斷、繼承的經濟結構下，最終只會成為丟失社會性、如同無腦兒的個人。[33]」

「在美國搞了一下獨立運動回來的人就成了英雄，當起半個國家的總統，他底下那些親日派毒瘤也跟著復活，在這個國家掌握權力、作威作福活到今天；這個國家甚至還能允許曾在日本軍隊當兵的人當總統[#]。[34]」

「電視迅速普及，隨之而來的是電視媒體強大的影響力，然後是利用此影響力的軍事政權，主導意識形態的傳播和愚民化政策。從原因、過程到結果，或許存在著順序上的錯誤，但若以批判角度來看，韓國的電視文化歷史和現象就是這樣一目了然。[35]」

＊＊＊

一九九〇年九月初，MBC節目《PD手冊》的〈不能再對農村至之不理〉特輯被停播。國際間展開烏拉圭回合[##]談判後，韓國人民便相當關注農村的未來發展，MBC社長卻下令停播。緊接著，抗議停播的工會理事長與事務局長被解僱，展開為期兩年八個月的無業生活。為了幫助兩人復職，孫石熙參與了沒有勝利把握的靜坐示威。他為當時的情況下了註解：「相信歷史會不斷重演的我們，若想從

分指韓國前總統李承晚與朴正熙。

烏拉圭回合（Uruguay Round）是「關貿總協定」的國際協定，歷時7年半，討論領域包括金融、農業、服務、電信等。參與各方於1994年簽訂馬拉喀什協議，次年成立世界貿易組織。

『六月民主抗爭旁觀者』的枷鎖掙脫，就必須堅持下去。[36]」

MBC工會於一九九二年展開了歷史性的罷工，這並非由社運人士發起，而是為一九八七年六月感到羞愧的員工發起。一九九〇年發生「保守大聯合[#]」三黨合併，MBC資方便主張廢除團體協約裡的「公正放送協議會」。一九九二年八月，報導因烏拉圭回合談判而受害的農民的MBC相關節目再次被勒令停播。總統大選三個月前，MBC工會於九月二日展開史上第三次罷工[##]，該次罷工長達五十天，創下二十世紀最高紀錄。

MBC工會與資方在團體協商過程中，針對公正報導的相關舉措仍有意見分歧時，隱含社會議題的MBC電視劇《大地[###]》卻提前收播。因此，當資方主張要廢除公正報導相關條目時，工會只得發起罷工，報導局的工會成員亦展開絕食抗議。

工會訴求包含「確立公正報導相關制度」、「被解僱者復職」等，但資方後來起訴工會執行部的十五人，使他們面臨被檢方拘提的威脅。當時罷工執行部成員之一的製作人鄭燦亨（現YTN電視臺社長）曾回顧：「一九九二年，工會執行部的人都已經準備好可能會被解僱，孫石熙也不例外。」

孫石熙當時已廣受大眾喜愛，雖然他擔任工會對外協力幹事，但罷工期間所有媒體的公開採訪邀請，他一概回絕，理由是：「站在領導罷工的立場，我到處露面是會受到『個人英雄主義』的批判的，畢竟我們不是想利用罷工的機會換取免死金

\# 1990年，盧泰愚為扭轉朝小野大的局面，與金鐘泌和金泳三將所屬政黨民正黨、統一民主黨、共和黨，合併為「民主自由黨」。

\## 第2次罷工在1989年，工會要求建立保障獨立編播權的制度，罷工從9月8日至19日止共12天，此後編播局長、報導局長、技術局長三者改採推薦任用制。

牌。[37]」

十月一日，因勞資雙方意見分歧，韓國中央勞動委員會宣告「公放協強化案」談判破裂。翌日，應資方要求，公權力開始介入MBC。四百多名工會成員為了堅守「民主空間」（當時MBC汝矣島總部一樓大廳），與大量戰警展開激烈攻防。然而，負責阻擋通道的工會成員開始一個個倒地，眾人紛紛流下眼淚。接著，編播局副局長崔想一、民主媒體實踐委員會幹事鄭燦亨、宣傳局長李採勳等人依序被拖出場外，共一百八十七名工會成員被捕，最後有七人被關押，其中包含時任MBC《新聞平臺》主播、被控為罷工主謀的孫石熙。

孫石熙被帶到永登浦拘留所，單獨關在九棟二十五號房裡長達二十天。他曾想關掉房裡的日光燈，卻發現沒有電燈開關。在拘留所，他遇過心地善良的看守員，也遇過殺人犯，見到各式各樣的人。後來，當孫石熙站上法庭，鄭燦亨亦穿著囚服站在他身旁，日後鄭燦亨成為《孫石熙的視線集中》製作人。

孫石熙於該時期身穿囚服、被套上警繩、笑著走出室外的照片，在當時為工會宣傳罷工帶來很好的成效，日後也成為象徵二十世紀韓國媒體民主化進程的經典場面之一。

「妻子第一次隔著厚厚的玻璃窗看到身穿囚衣的我，流下了眼淚……但妻子只難過了一天，隔天再來看我時就很釋然了。接下來的日子，她替我在集會現場積極

MBC於1991年1月開播的電視劇，以經濟快速發展的60到80年代 背景。原計播出50集，卻在同年4月中斷播出、製作人被替換，最後提前結束，遭質疑受到外界施壓。

奔走。[38]」

自從孫石熙被套上警繩的畫面公開後，大眾開始關注MBC的情況。工會成員仍持續進行場外抗爭，予以聲援。MBC在韓國各地的工會亦透過公民社會所成立的「泛國民對策會議」響應罷工，宣傳策略成效良好。後來，勞資雙方達成協議，由資方撤訴，孫石熙獲釋，工會最後獲得了該次罷工的勝利。長達五十天的罷工，工會除了保住「部門主管責任制」，更重要的是，沒有一名工會成員放棄罷工。

孫石熙回顧待在拘留所的日子：「監獄奪走了我的自由，但最讓我難受的是不能與那些夥伴在一起。[39]」對三十七歲的孫石熙而言，作好被解僱的心理準備後、展開長期罷工的經驗，以及在拘留所裡認識那些因各種因素而落入社會底層、卻頑強活著的人的經驗，似乎都成為他生命中重要的精神支柱。

因此，孫石熙新聞學的起源可說是來自力爭公正報導的罷工行動，和在公營電視臺的工會經歷。作為一名新聞工作者，孫石熙有所醒悟後，發展出強烈的新聞倫理意識與使命感。

長期罷工告終後，孫石熙提到：「我為何

1992年，身穿囚服的孫石熙。

加入工會？答案很簡單，因為沒有理由不加入工會。即使只是為了保有身為一名職場人的良知，或一個小市民的道德，我亦無法不參加工會活動。此為我國媒體現狀的悲哀，也更加彰顯這份職業的特殊性，就是代替全國人民盡力去看與聽，而工會是唯一合法的選擇。[40]」他也在該訪談中提到「這輩子絕對不能棄守的原則」：「雖然還不清楚那是什麼，但至今我若一直保有某種一貫性，我想一直保持下去。即使歲月增長、地位改變，也不要有任何動搖。」

孫石熙的職涯裡最重要的轉捩點就是一九九二年，於第五共和國時期產生且積累在他心中的那份「羞愧」，最終改變了他的人生。

＊＊＊

那年，一名身兼兒童文學作家的MBC釜山分社員，在孫石熙的辦公桌抽屜內放了一篇文章，標題為〈蟋蟀之歌〉，故事內容講述一隻歌聲美妙的蟋蟀，因為總會將草原上所有昆蟲想說的話用歌聲唱出來，但蝗蟲大王聽了不高興，於是把蟋蟀關了起來，所有草原的昆蟲只能模仿蝗蟲大王尖銳難聽的叫聲。蟋蟀的歌聲消失了，世界變得黯淡。這時，一隻昆蟲說：「現在不是我們垂頭喪氣的時候，我們應該繼續唱我們自己的歌才對。」促使所有昆蟲開始唱：

我們一起來歌唱吧！
張開緊閉的嘴巴，
打開緊閉的耳朵，
高唱屬於我們的歌。

童話裡的蟋蟀，不正是孫石熙嗎？

然而現實中，這隻結束罷工、回到職場的蟋蟀仍有數個月無法出現在螢光幕前。幸虧工會努力爭取，罷工執行部的人一個個回復了原有的職位。即使如此，孫石熙仍感受到非常大的壓力：「為了能公正報導而發起的罷工，最後還要接受法院判決，萬一我做的仍是毫無長進的報導，世人又會如何評價我呢？那種情況我能承受得起嗎？[41]」

因罷工、收押、審判而暫別新聞工作近九個月的孫石熙，先從上午時段的生活資訊類節目復出，一九九七年卻突然踏上美國求學之路。他在美國明尼蘇達大學研究所寫的碩士論文，即以研究韓國公營電視臺工會運動為題。

他在一九九九年回到韓國。接著，這位二十世紀青年迎來了二十一世紀。

Notes.｜參考資料

1《蟋蟀之歌》繁體中文版，孫石熙，P44（時報文化出版，標明頁數以繁體中文版為準）。

2 同前註，P58。

3 同前註，P 64。

4 同前註，P46-47。

5《參與社會》月刊11．12月號，1996。

6《蟋蟀之歌》，孫石熙，P47-48。

7 同前註，P48-49。

8 同前註，P50。

9〈五十歲的我將展現什麼〉，《話語》月刊11月號，1996。

10《蟋蟀之歌》，孫石熙，P161。

11 同前註，P162。

12 同前註，P163。

13 同前註，P165。

14 同前註，P178-179。

15 同前註，P178。

16《勞動者新聞》，孫石熙，1993/9/10。

17《蟋蟀之歌》，孫石熙，P180。

18《傳媒今日》訪談，2017/4/14。

19《蟋蟀之歌》，孫石熙，P51。

20 同前註，P51。

21《話語》月刊11月號，1996。

22《話語》月刊12月號，1996。

23《蟋蟀之歌》，孫石熙，P189。

24 同前註，P192。

25 同前註，P192。

26 同前註，P195。

27 同前註，P197-198。

28《傳媒今日》訪談，金度研記者採訪。

29《蟋蟀之歌》，孫石熙，P136-137。

30 同前註，P268-269。

31 同前註，P299。

32 同前註，P285。

33 同前註，P303。

34 同前註，P294。

35 同前註，P152-153。

36 同前註，P205。

37 同前註，P108。

38 同前註，P94。

39 同前註，P222。

40《話語》月刊12月號訪談，1992。

41《蟋蟀之歌》，孫石熙，P128。

第二章 誕生

孫石熙訪談風格犀利，讓受訪者又愛又恨，這樣的風格卻受大眾青睞，使他聲勢水漲船高，所主持的《視線集中》與《一百分鐘討論》，更為韓國時事節目風格，寫下新的一頁。

孫石熙不是在採訪，而是在審問

二〇〇〇年二月二十二日，韓國網路媒體「OhmyNews」創立，首開由「公民記者」提供新聞的全球先例。同年十月，發生前總統金泳三與高麗大學學生會對峙事件#時，OhmyNews便不斷即時更新相關新聞。在人們尚未經由入口網站或社群媒體來點閱新聞的年代裡，OhmyNews新聞點閱率高達一百萬次。

《孫石熙的視線集中》（以下稱《視線集中》）便是於OhmyNews影響下誕生。催生此節目的製作人鄭燦亨深感即時新聞的威力，因此《視線集中》有主持人與獨立記者進行現場電話連線的單元。節目播出時間為早晨通勤時段，因此能突破早報的限制，避免因深夜消息有變而產生誤報或無法更新消息的情況，提供最即時的新聞摘要。

鄭燦亨認為《視線集中》的強項為「由一位品德好、聲音也好聽的主持人，為早上來不及讀報或看新聞的人提供新聞重點」，並強調「《視線集中》是有人性的

前總統金泳三因批判金大中榮獲諾貝爾和平獎，2000年10月20日應邀前往高麗大學演講時，遭200多名學生包圍抗議。金泳三在車內與學生對峙達10多小時。

時事新聞節目」[1]。節目宗旨為站在聽眾的立場提供新聞，就像站在觀眾角度上字幕的《無限挑戰》一樣，因而獲得空前成功。且孫石熙能替聽眾提出心中的質疑，提問方式果斷、不輕易放棄，堪稱此節目主持人的不二人選。

打造《視線集中》、並推動孫石熙新聞學誕生的鄭燦亨是什麼人物？他不僅是孫石熙的MBC同事，也是罷工夥伴。鄭燦亨擔任過MBC工會理事長與MBC廣播本部長，離開MBC後，曾任tbs廣播電臺社長，二〇一八年轉任YTN電視臺社長。他在tbs打造的晨間時事廣播節目《金於俊的新聞工廠》，收聽率甚至超越《視線集中》。若說孫石熙為「新聞終結者」，鄭燦亨便是「廣播終結者」。

我曾問鄭燦亨對孫石熙的第一印象，他想起一九八七年四月至一九八九年三月擔任社會線記者的孫石熙：「（記者孫石熙）非常頻繁的訪問首爾市政府的人，但很不成功，那是孫石熙的失敗期。因為他的訪談風格太具攻擊性，被採訪過的人都不想再有第二次。他實在沒必要那樣做……讓受訪者覺得有收穫，（節目）才有可能持續下去，但他搞得像在審問，雖然可能很有成果，但受訪只有失沒有得的話，誰會願意來？所以我認為他撐不久，（實際上）也真的撐不久。」

韓國精神科醫師鄭惠信形容孫石熙：「他的主持方式簡明扼要且精確，令人聯想起在半空中直線前進、朝目標飛去的老鷹。以『說話』為業的人中，像孫石熙一樣能展現出語言節制之美的人，並不多見。[2]」若反過來解釋，這段話亦是指孫石熙的主持方式可能令人覺得冷淡，觀眾無需指望他表達任何讚美、委婉語氣、禮貌問候等韓國社會普遍認為的美德。

事實上，我認識孫石熙多年以來，他從未問我出身自哪裡、畢業於何校、已婚未婚等「身家調查」。孫石熙的這些特色或許會成為缺點，鄭燦亨卻將它們變成優點：「我個人比較偏好雜誌的採訪風格，喜歡先說一些炒熱氣氛的話，比如『最近氣色變得很好耶』之類的，但孫石熙這個高手恰恰相反，他的第一句話就是『我們先談談這個問題』。我跟他時常在email裡爭論，找出我們之間的平衡點。以往晨間廣播節目都會找固定嘉賓，像韓醫師、稅務師、財經記者、名嘴等，但我們決定刪掉固定嘉賓的單元，只保留時事評論家金鍾培的新聞簡評，每天都會尋找新的議題；我們也決定直接訪問新聞當事人，讓節目跟上時事且貼近新聞現場。記者可能會訪問的人，我們節目會先一步去訪問。例如發生『大野阿波羅冬奧誇張動作事件#』時，節目便與當天即將召開記者會的韓國代表隊隊長進行電話連線，提早公開了記者會的內容。」

在智慧型手機尚未問世、網咖尚未普及的年代，《視線集中》呈現許多赤裸裸的連線對話，充分帶出現場的生動與緊張感，現場訪談也讓孫石熙具攻擊性的提問風格得到最大發揮。

2002年的冬奧男子1500公尺短道競速滑冰決賽。金東聖在最後一個彎道處出現犯規動作，被判失去金牌資格。但韓國人普遍認為是美國日裔選手大野阿波羅的誇張動作導致。

二〇〇〇年十月二十三日，《視線集中》首播嘉賓為前總統金泳三，此前從未進行過現場電話連線的金泳三甚至於當天節目中，痛罵時任大國家黨黨魁的李會昌「根本不是人」，引起話題。

鄭燦亨表示：「在那之前，廣播節目的訪談往往缺乏記憶點，聽眾不太會記得訪問過誰。但自從訪問金泳三後，我們節目開始變得有名，新聞也大量引述《視線集中》的訪談內容。節目會邀請許多風格強勢的政治人物，讓那些準備好接受孫石熙提問攻擊的人，有機會與他正面對決。」《視線集中》的受訪者往往不是被孫石熙問得張口結舌，就是最後卸下武裝，節目就此大為走紅。

孫石熙曾說：「節目應該優先考量需求者而非供給者，也希望無論是少數強者還是多數弱者都能夠參與這個節目……基本上，這個節目將服膺於公營廣播的理念。」對孫石熙而言，《視線集中》彷彿一件再合適不過的衣服：「主持這個節目後，『一定要盡全力』的想法比以往更加強烈。與節目工作人員磨合好後，我也變得更享受這份主持工作。[3]」

製作人鄭燦亨也說：「文化與創意往往是因為有所匱乏而生。我知道要做出別的節目沒有的東西才能生出錢來；我也知道當其他節目都被施壓、端出一模一樣的東西時，如果端出最赤裸真實的東西，一定會大受歡迎。所以從商業角度來看，這個節目也是因匱乏而誕生的。」韓國Podcast廣播節目《我的小伎倆》深度介紹的第一個無線電視臺旗下的廣播節目，便是《視線集中》。鄭燦亨強調：「《視線集中》要提供大眾希望得到的真相。Hot、Important、Fun三者中至少要守住一個。」

孫石熙又是如何被聘請為《視線集中》主持人的？鄭燦亨擔任ＭＢＣ廣播編播局次長時，向局長禹鍾範提議，要改善晨間廣播節目收聽率不佳，與其聘請社外人士當主持人，不如拔擢社內人才。

禹鍾範一面端詳主持人選名單，一面回答：「有誰會願意接這工作，每天清晨起床？如果孫石熙願意，我就讓他去。」

鄭燦亨回憶：「（禹鍾範）是在指一條可能性最低的路，因為當時孫石熙是ＭＢＣ《新聞平臺》候選主播之一。」但出乎禹鍾範意料的，孫石熙選擇了《視線集中》，開始過著於微明天色中出門的生活，鄭燦亨亦不得不加入他的行列。

孫石熙的最強武器

談到孫石熙的優點，製作人鄭燦亨先是表示：「他長得帥，也很有能力。」聽到這裡，我點頭同意。

「他的聲音讓人感到平靜，外表頗具現代感。相較於其他外形典雅、彷彿不食人間煙火的主播，孫石熙具有一股現代大眾的氣息，就像李小龍站在一群古裝劇演員之中。最重要的是，他不會把新聞當作籌碼去交換利益。」也就是說，他不會為了一己之私而利用新聞。

「很多新聞記者與主播會因為某些理由，把新聞當犧牲品去降低格調或任意造作內容，再拿去交易，讓自己躋身青瓦臺或競選國會議員。但孫石熙完全不做那種事，他堅守自己想要堅持的原則，當主播愈久愈懂得自持，他也很享受不與人私下往來的生活，讓自己不會有被關說的機會。」

孫石熙最有力的武器就是「採訪」，他的採訪前提為「自己不會利用該次採訪來獲取任何功名利益」。他之所以能為大眾提供他們希望得到的真相，是因為他不求任何回報，謹守良心，也不追求任何事物，因而具備了一名新聞工作者的品格。這就是孫石熙的魅力所在。

孫石熙曾在訪談中表示：「交友圈狹隘反而對我的工作有益。如果我拓展交友圈，人際關係會變成枷鎖，讓我再也無法維持以往的採訪方式。[4]」可見他為了堅守那具攻擊性的採訪風格，不與受訪者建立私人交情，也拒絕身為一個主播能掌握的特權，將自己孤立。媒體學者康俊晚也認為「孫石熙心中的凌雲壯志，是他保持孤立的動力」[5]。

雖然現況已有改善，但韓國的媒體人長期享有多種特權。一名八〇年代入行的資深記者表示，以往只要他出現在公司門口，就會有裝著鈔票的信封從四面八方飛來。當時的記者大多會收受禮金，且不認為那種行為有任何問題。他接著透露，他還是報社實習記者時，報社前輩在飯局上酒過三巡後對他說：「跟前輩一起在房間裡喝完酒後，再搭計程車去續攤。」那似乎是實習記者能否通過考核的一種儀式。他回憶，報社前輩坐上計程車時，往往會若無其事的帶上酒店小姐。

當然，這類招待費用不會是記者自己出錢。二〇一六年起實施的《金英蘭法[#]》之所以引起媒體界騷動，是因其適用對象亦包含新聞從業人士，導致往後不能再接受三萬韓元以上的飯局招待。因此，當人們原本習慣接受高爾夫球或酒店包廂等招

\# 《禁收不當請托和財物相關法》俗稱「金英蘭法」，是由南韓首位女性大法官金英蘭在擔任國民權益理事長時推動。此法規定公職人員、媒體工作者、私校職員（含理事會成員），若收受超過100萬韓元以下財物（約新臺幣2萬8千元），將被處以原額2～5倍罰款；若收受超過100萬韓元，最高可處3年徒刑，行賄者將相同處罰，當事人伴侶也在法律適用範圍內；飯局招待超過3萬韓元（新臺幣約840元）、贈禮金額超過5萬韓元（新臺幣1400元），也將受罰。

待、時常假採訪之名出差行國外旅遊之實，甚至傳聞有政府部門會出借直升機給某記者至首都外地區出差，《金英蘭法》如同判了這些惡習死刑。不過，孫石熙的職業生涯一直過著不接受宴請的生活，他的辦公室書香滿盈，不存在一般社長室裡常見的高爾夫球桿。

＊＊＊

孫石熙自尊、自重，不求報酬，只專注於當下。無論與誰產生關聯或他人發表突如其來的言論，孫石熙皆能從容應對、不被動搖與打敗。閱聽眾經常能看到孫石熙的訪談，如同電視劇般發生戲劇性的對話，因為他不在乎得失，訪談提問往往一語中的，使受訪者瞬間不知所措，連總統也無法倖免。

二〇〇六年九月二十八日播出的MBC《一百分鐘討論》特輯〈爭議與檢驗：總統開講〉，孫石熙不斷提出有關戰時作戰指揮權與韓美同盟的犀利提問，使盧武鉉一度略有難色的說：「這節目不是對談嗎？」

有時候，孫石熙直言不諱的提問風格不只令廣播電臺的工作人員緊張，連坐在公車裡的聽眾也為之捏一把冷汗。例如，孫石熙提出受訪者最不喜歡回答的問題，受訪者答得不清不楚，孫石熙又再問一次，若重複發生好幾次，聽眾就會又擔心受訪者會氣得掛斷電話，又期待發生難得一遇的情況，而不知不覺緊抓著公車握把。

若孫石熙只擁有直言不諱的提問風格，想必他將招致他人反感而無法走得長久。不過，孫石熙還有第二項祕密武器：幽默感。孫石熙的機智妙語常讓人會心一笑並緩解緊張，使訪談增色不少。聽過孫石熙現場演講或私下見過面的人都深知他的幽默感。有人認為，孫石熙最令人害怕的能力是「讓人爆笑，自己卻面無表情」。據說，孫石熙在公司裡的外號是「霧霾御宅族」，有次孫石熙對我說「比起朴槿惠，我更擔心霧霾」，表情卻讓我看不出他到底是認真還是說笑，最後我尷尬地笑了出來。

孫石熙這樣描述自己的訪談方法：「《視線集中》裡的訪談最多只有十到十五分鐘，是很簡短的訪談，沒有時間搜集更多資訊與安排起承轉合，必須直接切入正題。那十多分鐘內要非常專心聆聽對方說的話，並且即時回應，有時甚至會被認為我是在挑人語病。重要內容時常出現在沒有事前準備的臨場反應以及見縫插針的提問裡。也因為我必須進行許多提問具攻擊性的採訪，所以我的原則是，不與任何可能被我採訪的人建立私人交情。而且我的個性也是比較不好的那種（笑）。[6]」

我認識的一位JTBC新聞記者透露：「若沒必要，社長不會參加任何聚會，好讓自己不被誤會。」

不過，孫石熙的內心也並非毫無矛盾：「若我被受訪者牽著鼻子走，節目的信賴度會被打上問號，所以我絕對不能在氣勢上輸給對方。但獨自處於攝影棚內時，我偶爾也會覺得孤單。我還有個職業病，錄節目時能十分專心，日常生活裡卻做不到，所以親友會抱怨我很冷漠。因為避免與人建立交情，不知不覺也感到被孤立了。但我能怎麼辦呢，這是新聞工作者的宿命啊。」

＊＊＊

孫石熙的訪談發生過許多趣事，其中最膾炙人口的當屬二〇〇四年四月九日，訪問時任大國家黨主席朴槿惠。

當時，孫石熙追問朴槿惠：「大國家黨必須獲得多數席次才能夠拯救經濟，這項主張的根據是？」

朴槿惠卻言不及義的答：「如果執政黨做不到，在野黨就應該站出來，不是嗎？」孫石熙接著犀利地問：「大國家黨的前身『新韓國黨』身為超大型執政黨時，韓國卻發生一九九七年外匯危機，您如何解釋？」

結果朴槿惠一時語塞，最後憤然道：「您是要跟我吵架嗎？」

孫石熙便答：「不是的，那麼我改問其他問題。」並轉換了話題。孫石熙雖未將朴槿惠逼至懸崖邊上，卻也讓對方受了不少內傷。

時任大國家黨發言人田麗玉雖在二〇一六年批評朴槿惠為「崔順實的傀儡」，在二〇〇四年卻積極為黨主席朴槿惠說話：「孫石熙在節目中提出的很多問題都未出現於事前提出的訪綱裡，這是（針對朴槿惠的）人格侮辱與充滿惡意的採訪……雖然對方充滿惡意，但朴主席並不像某人一樣喜歡加油添醋。朴主席問是不是想吵架，是因為孫石熙太咄咄逼人。某些媒體採訪時喜歡提出充滿惡意的問題，也跟事前的訪綱不同，問題缺乏基本禮貌、具有暗示性。直到國會議員選舉結束前，我們將只接受兩家媒體採訪朴槿惠主席。」乾脆直接禁止其他媒體採訪朴槿惠。

但孫石熙於OhmyNews訪談中回應：「採訪政治人物前，我們通常不會先提供訪綱，也不會因為先提供了訪綱，就完全照著上面走。」關於提問具攻擊性，他回答：「訪談不可能不含具攻擊性的提問。不只《視線集中》如此，任何訪談節目都是如此。所謂訪談，不能只是聆聽受訪者說話而已，不是嗎？如果希望受訪者確實回答聽眾好奇的事，很多時候必須讓提問有攻擊性。」孫石熙也解釋訪問時向朴槿惠提出的問題，「是為了讓聽眾聽到他們想聽的回應，如果朴主席能針對拯救經濟的主張提出具體論述，或許會獲得更多人支持。但朴主席自始至終都未能提出關於『拯救經濟論』的具體說明，難道不是一個很大的問題嗎？」可見，孫石熙不過是在向一個給不出答案的人提出更多問題罷了。

無論受訪者屬於執政黨或在野黨，孫石熙的採訪風格一貫犀利，這讓他的「採訪」變得更所向披靡，他對所有受訪者一視同仁，不囿於陣營之分的思維。採訪大國家黨主席朴槿惠的同一時期，孫石熙亦採訪了時任開放國民黨主席鄭東泳。

有聽眾於網路上留言質疑：「主持人的提問是否太具攻擊性？」

孫石熙回應：「本節目的採訪風格對所有人都是一致的。」

孫石熙擔任播音員局長時的MBC社長崔文洵，二〇〇八年離職後不久，就接受了統合民主黨提名為國會議員候選人第十順位。因此孫石熙便在《視線集中》裡批評了他曾經的頂頭上司，更談到整個媒體界都對此非常擔憂。

他心中似乎有一套明確的採訪準則——採訪者必須避免訪談淪為（受訪者的）宣傳工具，因此不可免地要提出具有攻擊性的提問。「我們的職責在於探究閱聽大眾希望知道的事。十七年以來，我認為原則就是『不要在乎會不會有下一次訪談』。[7]」

孫石熙的採訪風格如此犀利，為何仍有人願意成為他的受訪者？人們對此感到詫異的同時，也心知肚明，被孫石熙採訪的那一瞬間，等於所有人都會將焦點置於你身上，因此不得不為之。

堅不參政的模範媒體人

《時事週刊》的「媒體人影響力調查」，二〇〇三年孫石熙位列第三名，僅次於《朝鮮日報》前主筆金大中、KBS前社長鄭淵珠。隔年，孫石熙首度登上第一名，此後至二〇一六年便蟬聯冠軍長達十二年。正如大多數的媒體人，孫石熙闖出名聲後，開始頻頻被政界人士提及，但孫石熙很早就表明自己對於政治的看法：

「媒體歸媒體，政治歸政治。兩者看似牽連甚深，實際上毫無關聯，也必須無所關聯。我不參政的原因沒什麼特別的，不是因為人們常說『不想淌政治這渾水』，也不是意在貶低那些跨足政壇的媒體界前輩，我只是無意參政罷了，也認為自己不適合參政。人如果能夠藉由自己的職業達成服務社會的理念，那就是美滿的人生，而我已經做到了。有人說我應該去嘗試更偉大的事，但我不認為政治更偉大。這或許是老生常談，但『在自己的崗位上盡全力』不就是最偉大的事嗎？[8]」

二〇〇四年，國會議員選舉將屆，孫石熙再次被猜測可能參政，他表示：「我已經多次表明沒有意願（參政），但現在連重申此事都感到羞愧，彷彿我是為了爭取什麼利益似的……[9]」自己明明沒意願，卻必須不斷向外界申明，不僅羞愧，亦難免感到憤怒。

二〇一〇年地方選舉前夕，孫石熙的名字再次成為焦點。民調機構 Realmeter 於二〇〇九年六月發布民調結果，顯示在野圈的潛在候選人，孫石熙比當時爭取連任首爾市長的大國家黨候選人吳世勳還高出七%支持率。雖然只是民調，但若當時孫石熙決定參選，現在可能已經連任首爾市長#。二〇〇九年十二月，大國家黨國會黨團總召洪準杓甚至在《視線集中》反問孫石熙是否有意競選首爾市長，孫石熙只好再次表明自己不會參選。

然而，政界人士依然不停對孫石熙窮追猛打。二〇一一年九月五日，首爾市長補選投票日五十天前，洪準杓又在《視線集中》詢問孫石熙是否有意參選。由於當時呼聲頗高的候選人為安哲秀，孫石熙甚至一度答：「因為我不是英熙##。」

孫石熙甚至不得不於《視線集中》留言板澄清參選謠言：「即使我已表明自己不會參選，民意調查仍將我預設為候選人之一，甚至有報導指出某政界人士轉述我的話，說我『心境有變，目前正考慮參選』。……我從未想過參選。以往我已多次公開聲明不參選的原因，此處不再贅述。……二〇〇二年國會議員補選前夕，我曾因類似情況而在此發表聲明，這樣的行為一次足矣，如今卻再次行之，我對各位聽

\# 首爾市長每任4年，連選可連任2次。本書韓文版出版於2017年，此處應指第二任期。現任首爾市長朴元淳已邁入第三任期，為史上首位連任2次的首爾市長。

\## 「哲秀與英熙」是韓國教科書裡經常一起出現的兩個經典虛構人物。

眾深感抱歉。然而，當前情況若繼續下去，將有損《視線集中》節目的公正性，因此我不得不再次發表聲明。《視線集中》開播時，我曾宣示自己『不囿於任何政治派系』，未來也將繼續謹守此言。[10]」

孫石熙打破了韓國社會「有影響力的媒體人讓自己揚名立萬的最後一步，就是跨足政壇」的成見。這項成見背後並非沒有真實案例，其中最具代表性的就是自由韓國黨現任國會議員閔庚旭。閔庚旭憑藉魔術與約德爾唱法（yodeling）兩項才藝，時常於聚餐時擄獲眾人的心。他擔任KBS晚間九點新聞主播期間，自發性的為朴槿惠政府宣揚政績。而後應青瓦臺之聘，居然作出「上午在KBS上班，下午在青瓦臺上班」的奇異行為，令媒體界與國民感到錯愕。

閔庚旭轉任青瓦臺發言人後，曾在世越號船難發生時極力掩蓋朴槿惠政府的無能，接著投入國會議員選舉並成功當選。後來，他亦擔任過新世界黨發言人，甚至為被彈劾的朴槿惠前總統發聲。閔庚旭可說是完整體現了「你看那個人，他早晚會去選議員」這句譏笑之語，也算是一種「代言人」。

與閔庚旭不相上下的另一個政媒兩棲人士為鄭然國。鄭然國主持《一百分鐘討論》並擔任MBC時事製作局長時，突然接替閔庚旭成為下一任青瓦臺發言人。崔順實干政案風波期間，面對主跑青瓦臺記者的提問，他幾乎都以「不清楚」或「否認」回應。朴槿惠被彈劾後，仍繼續在青瓦臺留任了一段時間。

康俊晚指出11，從媒體界轉戰政界、當選的國會議員，二〇〇〇年有四十四名當選，二〇〇四年有四十二名，二〇〇八年有三十六名。他認為，韓國之所以出現許多政媒兩棲人士（polinalist）#，結構上的原因有：政治至上主義、媒體產業的不穩定性、產學合作體制的缺陷、媒體工作難以長久、媒體信賴度低，因此媒體人往往自信不足。他認為，若要改變現狀，媒體界需要出現一名模範媒體人，斷然拒絕政媒兩棲的可能，而首要代表人物即為孫石熙。

康俊晚寫道：「孫石熙延續了媒體界前輩、《韓民族日報》創報社長宋建鎬先生一輩子堅守媒體人正道的精神，也讓社會看見他將如此堅持下去。」在政媒兩棲人士當道的當今媒體界，媒體人孫石熙所代表的意義格外令人重視。若只是不停批判他人，世界也不會有所改變，因此康俊晚對於「模範」的強調有其合理之處。

＊＊＊

孫石熙從未覬覦政壇上的利益，而是在他身處的廣播領域開拓出新的新聞學。《視線集中》開播後，許多晨間廣播節目都發展出邀請近期話題人物與主持人對談的單元。《視線集中》收聽率不僅高於同時段其他所有廣播節目的總收聽率，更能在與音樂類廣播節目的競爭中存活下來。

politics與journalist的合成詞，指參政的媒體人。

二〇〇四年韓國派兵至伊拉克，《視線集中》採訪了半島電視臺新聞主播賈馬爾．雷揚（Jamal Rayyan），得知時任外交通商部長#潘基文曾表示「若有韓國人被綁架，派兵計畫依然不變」，而予以抨擊；《視線集中》亦曾採訪法國影星碧姬芭杜（Brigitte Bardot），針對「吃狗肉」文化展開爭論，至今仍是為人津津樂道的話題。

《視線集中》被認為是史上最百無禁忌的節目，且將韓國新聞史向上提升了一個層次。二〇〇七年十一月，全國媒體工會的民主言論實踐委員會議上，有人指出除了《視線集中》，沒有任何一家媒體提到「李明博BBK炒股案##」。多數媒體只靜待檢方開口時，唯獨《視線集中》訪問了涉案人士金景俊的姐姐Erica Kim三十分鐘。不過孫石熙也在節目中強調：「這是Erica Kim您個人的主張，目前大國家黨主張不存在所謂的合約書。明天我們會聽聽看相反意見。」對Erica Kim的說法持保留態度。李明博所屬的大國家黨一度發表恐嚇性言論：「我方絕不輕饒（MBC）。」

孫石熙獲頒二〇〇八年MBC廣播電臺「青銅主持人獎（Bronze Mouth）」時，指出：「廣播時事節目為政治傳播（political communication）的復甦與發展作出很大的貢獻。」這也要歸功於孫石熙為了成為模範媒體人，所堅持的自我管理。

孫石熙要表達個人意見時總是審慎以對，他曾說：「我不用『領導階層』這個

即外交部長。

李明博於1999年，與美籍韓國人金景俊合夥設立投資顧問公司BBK。後來姐妹公司LKe銀行接連爆發偽造文書、內線交易、炒作股票和惡性倒閉等，金景俊也帶著投資人的384億韓元潛逃美國，共5千多名投資人受害。

詞，是因為民主社會裡並無所謂的『領導階層』。[12]」這是他在節目中難得透露自己的想法，此話一出便受到矚目，後來還被收錄為「孫石熙語錄」，廣為流傳。

他也曾提到不會針對社會議題發表個人立場：「雖然我有自己的想法，但我不應根據自己的價值觀來主持公共性的廣播、電視節目。主持人的個人意見若滲透到節目裡，節目會漸漸失去生命力。主持人應該盡可能廣納各方意見，不偏頗任何一方，所以我避免表達自己的想法。[13]」也因此，他很早便對於接受媒體採訪相當謹慎。受訪前，孫石熙會事先準備答題內容，以防失言。由於他人對孫石熙的評價至關重要，而採訪報導往往會左右一個人所受的評價，隨時都有人在等著寫出聳動的標題與內容。

孫石熙進入ＪＴＢＣ後，雖然受訪次數變多，但大多是關於ＪＴＢＣ本身及新聞學，鮮少提到自己。這也與孫石熙的價值觀有關：「我不喜歡在其他媒體拋頭露面的原因有以下幾點。首先，我是因為工作性質才露臉，除此以外我不需要以任何方法宣傳自己。也沒有義務滿足大眾對我的好奇心。[14]」

孫石熙對於受訪保持警戒，亦來自八〇年代末與他臺主播對談的報導帶來的「不愉快經驗」。報導將該次對談裡一位坐在中間的記者提出的問題張冠李戴，寫成「孫石熙問他臺主播『月薪有多少？』、『每月零用錢有多少？』」這類八卦性問題是孫石熙最厭惡的低級問題。他當時回顧：「這些問題連坐在旁邊聆聽的我都覺得不像話，卻竟然全都變成我提出的問題。[15]」

隨著孫石熙的影響力日益擴大，社會大眾也開始要求他成為大韓民國最公正的人。於是，孫石熙選擇孤立自己。他既不接受廣告邀約，也從不與人打高爾夫球，避免做出任何可能引起誤會的行為。大眾文化評論家康明碩是《視線集中》最後一集的節目嘉賓，他於二〇〇八年發表的文章寫道：「孫石熙的影響力愈大，愈要盡可能反映社會的所有言論，避免讓自己的發言左右大眾。孫石熙身為大眾最喜愛的媒體人，卻無法與大眾親近。一旦孫石熙與任何一個人走近，他本身的客觀性便會遭受質疑。這是一名韓國英雄的兩難。」

孫石熙式魔鬼訓練

身為孫石熙在MBC的前輩、曾擔任MBC播音員局長及tbs社長的成景煥曾說：「同樣身為主播，我也希望自己成為時事廣播節目主持人的第一把交椅。但仔細想來，我前面有一座難以跨越的山，那就是孫石熙。他剛入社便格外出眾，是天生的新聞人，不僅比一般人更誠懇實在，也兼具責任感與全面性。……我的能力至少要與他不相上下，才有資格嫉妒他吧！我很尊敬他。[16]」

孫石熙一向高度要求自己，若成為他的學生會發生什麼可怕的事？有關「孫石熙式訓練」，其MBC後輩、現任MBN新聞主播金柱夏所留下的紀錄最令人印象深刻[17]。她提到九〇年代末成為新進主播時，與從美國學成歸國的孫石熙共同主持晨間新聞：「孫石熙主播一看見我便喊：『哎！遇到前輩不是應該立刻跑過來問好嗎？』瞬間顛覆我的想像。誰能想到看似儒雅正直的他，竟會如此訓話。」

金柱夏緊接著見識到了孫前輩的魔鬼訓練。晨間新聞播出時間為早上六點，她必須凌晨三點起床。然而第二天，孫石熙向她說：「妳覺得自己是天才嗎？只要花一小時準備就能上臺報新聞？妳要這樣乾脆就不要做了。最晚也該在四點半前抵達！」

金柱夏說：「在媒體圈，不化妝就錄節目的男士有兩位，孫石熙前輩是其中之一。其實前輩有化妝與沒化妝的樣子沒有太大差別，所以他比別人有更多時間準備。但我是女人啊……前輩有時還會說『要是覺得委屈，那妳也不要化妝呀』，實在是火上澆油。」

孫石熙是比金柱夏年長十七歲的前輩，因此金柱夏從不頂撞與冒犯，也請孫石熙指導她關於主播的談話方法，沒想到事後卻「愈想愈後悔為何提出這個請求」：「孫前輩的教育方式頗為冷酷，我從未聽過一句稱讚，還時常挨罵，我想誰都會有這種感受。」

金柱夏有一次在新聞直播前被孫石熙狠狠罵了一頓，直播時便忍不住哭了。那天，孫石熙請金柱夏吃飯，他加點了很多烤肉後說：「別沮喪，是因為妳有潛力，才對妳這麼嚴厲。」

金柱夏寫道：「直到現在，『有潛力』那句話仍然鼓勵著我，那是前輩對我說的第一句稱讚，也是至今唯一的一句。」

接受過「孫石熙魔鬼訓練」後，金柱夏學到了什麼？「孫石熙前輩回歸（新聞主播臺）後提出了晨間新聞改進方案——主播外出採訪，每位主播每週必須產出一則親自至現場採訪的五分鐘新聞，我亦參與其中。那時我才知道，孫前輩不是被動做事，而是主動找事來做的人。」金柱夏因此累積了許多在新聞現場的採訪經驗，那些後來都成為新聞播報能力的珍貴底蘊。這讓她了解到沒見過新聞現場的主播，是無法成功傳遞新聞臨場感的。

孫石熙還能在沒有讀稿機的情況下播報新聞，金柱夏也被訓練出這項能力。有一次在即將開始報新聞前，孫石熙突然將讀稿機搬走。

「以前的主播是沒有讀稿機的，如果每次都要依賴讀稿機，永遠無法進步。」

「但現在已經沒剩多少時間，我怎麼背得起來！」

金柱夏很慌張，只好盡快記住幾個重要關鍵字並整理新聞摘要。雖然當下很痛苦，日後她卻發現那次經驗十分寶貴。例如，外出採訪不會有讀稿機，主播必須練就快速看過內容並整理出摘要的本事。一九九九年發生夏令營海洋樂園大火事件時，孫石熙只以「幼兒園學生」與「火災」兩個關鍵字便鎮靜的進行了現場快報，「相較於在一旁驚魂未定的我，孫石熙處於不同層次」。已不在孫石熙麾下的金柱夏如此回憶：「如今每當我聆聽或觀看他播報新聞，我都會氣自己，要怎麼做才能像他一樣好？」

關於讀稿機，孫石熙有一套自己的哲學：「美國媒體的商業操作是將主持人打造成明星，為此，主持人的臉占畫面比重也越來越大。在這種情況下，讀稿機扮演起不可或缺的角色……主播若只是毫無意義地背誦一些賣弄修辭的報導、自滿於粉飾新聞中出現的畫面，閱聽大眾亦沉淪其中的話，我國的電視新聞將是悲慘而不幸的。[18]」孫石熙似乎對讀稿機保持戒心，且認為必須培養後輩不依賴讀稿機的能力。無論技術再如何發達，也不應喪失原有的基本功。

＊＊＊

孫石熙於二〇〇六至二〇一三年擔任誠信女子大學媒體傳播學系教授時，「孫石熙魔鬼訓練」依然不變。我排除萬難的採訪到一位於二〇〇七年至二〇一〇年的四年間，從未缺席孫石熙課程、目前擔任新聞記者的學生，請她談談孫石熙教授的教學風格。

她認為可以總結出「現場」與「討論」這兩大核心：「網路選課時，孫教授的課一下子就被登記完。聽課人數上限十五名，但課程非常辛苦，很多學生只來一次就不來了。課程大綱裡有一項為『說話與討論』，但我覺得改稱『說話說到吐』也不為過。那時的生活比現在當記者還要忙。」

孫石熙的課程是以新聞現場為核心的全實習課程，他要求學生繳交完整的新聞報告，需親自取材、採訪、拍攝、剪接，學生往往為此忙到深夜。該名學生表示，孫石熙曾經將MBC的影片剪接機帶到課堂，親自為學生示範。「孫教授會在課堂上監督每個人的進度，賭上他的自尊心，看得非常仔細，每次都會提出可改善的地方。孫教授告訴我們，寫新聞稿時不能有冗言贅語，他厭惡畫蛇添足，希望我們達到業界真正新聞稿的水準。他不像教授，因為他在課堂上毫無保留，不會讓人覺得他是教授。雖然他在電視上看起來十分冷峻、難以親近，但實際上他與學生之間毫無隔閡。」據說孫石熙教授的學生很多都成為了記者。

孫石熙的討論課也不同於一般的討論課。「不是純粹的討論，而是在攝影棚裡錄影，仿照真實的新聞討論單元。」學生曾討論過主播的新聞稿裡是否應該含有個人主觀意見。「我們不斷思辨究竟什麼才是對的，並且討論我國新聞發展方向，應該朝向歐洲的客觀式新聞還是美國的評論式新聞。」

如今，「孫石熙魔鬼訓練」於JTBC上演。

成功保持中立，即成功偽裝中立

為了進一步探究孫石熙新聞學，我們必須先審視以往他對新聞學提出的論點。他在二〇〇三年三月至二〇〇四年一月，於《文化日報》連載專欄〈孫石熙看社會〉，對中立、公正、客觀等新聞學概念有精采的探討。

在〈中立的新聞學等於普遍主義？〉[19]中，孫石熙談到一九九七年於美國認識的一位國會監督運動家的故事。該運動家曾為電視新聞記者，她告訴孫石熙：「記者要保持中立是很困難的，即使知道某政治人物確實犯了錯，我也不能說『他錯了』，因為我的新聞必須同時寫出對他不利的內容及他個人的辯解。我總是對此感到很矛盾，於是最終放棄了記者的工作，轉而加入發起監督國會運動的團體。雖然收入少了許多，但現在的我能夠大聲說『他錯了』，所以過得更快樂。」

孫石熙對這段話的想法是：「我更在意的是，她寧願離開新聞業，而不是破壞新聞學。最近我時常想起她說的話，我想是與我目前主持的節目有關。無論是廣播時事節目或談話節目，我都必須保持中立。然而人非機器，保持中立並不容易，爭議事件的利害關係人總會極力揣測我傾向哪一方。雖然二十年來我不斷被訓練保持中立，但永遠會有人提出質疑。在我看來，談話節目主持人的工作是要抵抗內心想吶喊『他錯了』的衝動，或許『成功保持中立』這句話其實是『成功偽裝中立』。只是我提出這樣的論點後，那些質疑的目光將變得更加嚴厲。」

孫石熙也敏銳地針對韓國的中立價值「公正性」提出看法。若要理解所謂公正性，也必須認識所謂不公正性，政治理念與派系就是造成不公正的兩大因素。長期以來，韓國媒體因帶有傾向政權的理念而獲得許多經濟上的特惠，政治派系也與媒體的利己主義有關。首爾大學媒體資訊學系姜明求教授主張，新聞的公正性可分為三個面向：事實檢驗（正確性、平衡性）、倫理檢驗（合法性、倫理性）、意識形態檢驗（整體性、歷史性）。此處幾個不同的概念可能不易理解，下面以案例來說明。

《朝鮮日報》主筆楊相勳曾寫道：「朴槿惠總統是否接受了除皺手術，與國家政事、崔順實案有何干？接受手術是個人私事，而且沒有證據指出那個手術對國政造成了影響，因此不應該構成問題。[20]」批評媒體過度追逐公眾人物的私人事務。

我們不禁要問楊相勳，《朝鮮日報》爆料監察總長蔡東旭疑似有私生子時，冷靜的他為何沒遵循相同標準？新聞媒體引起他人不信任的最快方法就是標準不一。

這種「自己做就是對，別人做就是錯」的論調並非《朝鮮日報》獨有的問題。因此，對新聞生產者而言，保持公正性事實上幾乎等同於保持機械式的平衡。那是真正的中立嗎？若要寫出真正的公正報導，就必須超越機械式的平衡，努力挖掘事實真相。記者通常以「平衡」與「中立」來界定公正性，但製作人則會以「事實」與「脈絡」來界定，如MBC《PD手冊》、KBS《追擊60分鐘》、SBS《我想知道那件事》等時事節目探討的議題，都會發揮廣大影響力，正因這些節目替事實注入脈絡，以達到公正。因此也有人認為，唯有製作人的新聞學才能夠真正實現公正。

也就是說，孫石熙強調的中立並非只是簡單羅列出可見的事實，而是要不斷探問、找出事件脈絡，使新聞接收者更靠近真相。從某方面看來，這才是公正性的關鍵。

美國最受信賴的新聞工作者華特克朗凱#指出：「好的新聞源自於對公正的追求。」追求機械式的平衡永遠不會等同於追求公正。

韓國的客觀主義不重視「保持公正且不偏不倚的立場」，反而重視「選定與強調個別事實，有意利用、商業化之[21]」。照此看來，在韓國，特定政治傾向的報導都可能聲稱是「根據客觀主義原則而欲證明事實」。作為一種意識形態，韓國的客觀主義反而變成偏頗報導無罪的理由之一。於是長期以來，客觀主義時常被新聞媒

Walter Cronkite，冷戰時期美國最富盛名的電視新聞節目主持人、CBS明星主播，被譽為「最值得信賴的美國人」。

體用來反擊具有政治傾向的指責。

時事週刊《韓民族21》前總編輯安秀燦認為：「這導致韓國記者習慣從非政治角度來解讀與報導所有事件。」

慶北大學新聞傳播學系南載日教授也指出：「相較於報導是否確實反映出真實情況的『關聯性』指標，只強調報導事實正確與否的『正確性』指標，反而變成最優先的項目。」

因此，孫石熙將過往對於中立、公正、客觀等概念的思辨，都融入了他的新聞學中，轉化為今日JTBC《新聞室》的「脈絡新聞學」。

事實幾乎不可能不具有價值，與其假裝價值中立卻欺騙國民，不如在報導裡提出根據並闡明孰為事實、孰為正確的指摘，才是新聞媒體的合理作為。我們需要「建構主義式的真實報導」來探究這個不斷被建構出來的社會，而孫石熙的目標，正是建立一個能夠提供真實報導的「新聞室」。

盧武鉉政府、《朝鮮日報》、宣洩式溝通

無論左派或右派，只要是盲目跟隨陣營作判斷、盡發痴想、散布陰謀論以自我合理化的人，孫石熙都對他們沒有好感。主持《視線集中》與《一百分鐘討論》的十多年間，孫石熙不斷以批判性眼光審視兩派的意見。在他看來，社會有如環環相扣的齒輪構成的場域，永遠無法只以單方的立場簡單說明。

陣營之分不僅使人停止理性思考，使對話變得無意義，亦不許陣營內部出現批判聲浪，否則將視內部批判者為間諜。韓國社會的對立起源於冷戰時期的反共意識形態，當時唯有區分出敵我，才能找到國家主體性。然而這樣的敵我之分，卻成為韓國社會的一大毒瘤。

韓國迎來民主化與實施民主體制後，媒體雖然不會公開支持特定候選人，卻仍不斷強化陣營之分。KBS學術期刊《媒體文化研究》曾分析一九九二年總統大選後的二十年，《朝鮮日報》、《中央日報》、《韓民族日報》的選舉報導，發現三家

報社有愈來愈多單一觀點的報導。

以二〇一二年總統大選為例，單一觀點報導於《朝鮮日報》占六十．八%，《中央日報》三十四%，《韓民族日報》五十五．八%；作為對照的是一九九二年總統大選，單一觀點報導於《朝鮮日報》占十八．五%，《中央日報》十六．一%，《韓民族日報》三十．八%。[22]

二〇〇二年一月十八日，孫石熙開始擔任《一百分鐘討論》主持人。該年底將舉行總統大選，第一集節目探討的是「新聞媒體對特定候選人的支持」。該議題雖在美國十分普遍，但在韓國仍有爭議。節目製作組表示：「我們希望探討這項議題能否成為減少偏頗報導爭議的新對策。」倘若沒有孫石熙的堅持，節目不可能選擇這樣敏感的議題作為新主持人上任後的第一個討論題目。可見孫石熙對於偽裝成公正、實則有陣營之分的媒體抱有強烈的問題意識。

當時，孫石熙特別關注「宣洩式溝通」的概念，他曾將「宣洩式溝通」定義為「只滿足自己與己方陣營、違背溝通意旨的單向溝通」，且擔憂「更有甚者，若對溝通對象懷有敵意，溝通的有效性與真正意義將不復存在[23]」。他的擔憂依然適用於現在。

孫石熙亦曾談及韓國溝通文化的落後之處為「無法包容不同意見的人」（亦有人認為是家父長制的傳統文化，及殖民統治後的軍政府威權主義導致）：「所謂

『溝通』應該是以合理且具說服力的方式提出自己的論點，以求說服或拉近與對方的距離。但我國社會是『宣洩式溝通』的文化，似乎難以達到真正的溝通。『宣洩式溝通』只在乎單向傳達自己的看法，不在乎是否能說服對方，這樣的溝通只能夠讓既有的支持者凝聚在一起。[24]」

孫石熙認為這種溝通問題源於「不信任」：「是什麼樣的『雜音』導致我國社會的溝通文化被扭曲？我認為是『不信任』。許多政權製造出的現象（地域情結、意識形態對立、貧富差距等多不勝數的例子）發展成社會矛盾，必然會延伸出『不信任』。人們在互不信任的風氣之下，任何個人或團體都無法被賦予足夠權威去仲裁與調停糾紛，因為溝通過程裡，『不信任』這項雜音不斷造成干擾。[25]」

互不信任的風氣不僅激化對立，亦促使宣洩式溝通與陰謀論日益普遍。為了改善這樣的溝通文化，人民必須克服互不信任的心理，養成理性思考的習慣，不囿於陣營之分，也要練就具批判性的媒體識讀能力。但這些變化不可能由政府主導與達成，若說孫石熙新聞學的最終目標在於建立一個受人信賴、不囿於陣營的新聞媒體，以及創造一個可溝通、可協商的成熟公民社會，孫石熙就必須以批判性的眼光來審視盧武鉉政府與《朝鮮日報》兩方。

＊　＊　＊

對於盧武鉉政府與《朝鮮日報》強烈的互不信任，孫石熙評論：「盧武鉉政府與媒體間的緊張關係似乎達到最高點。更準確的說，是盧武鉉總統與大型媒體間的緊張關係。在這個情況下，媒體雖被斥責淪為『政府的傳聲筒』，但我認為那不過是站在盧武鉉政府對立面的勢力所行的政治宣傳。……事實上，我並非無法理解盧武鉉總統心中因媒體而產生的受害感。雖然已經有人指出他的說話方式暴露出他還不夠了解媒體屬性，但他可能還是認為自己被冤枉了很多次。[26]」

一九九一年，《週刊朝鮮》藉「盧武鉉的豪華遊艇」報導給即將挑戰連任國會議員的盧武鉉一次政治打擊；二〇〇一年，盧武鉉提出「媒體當然應接受稅務調查」的言論後，《朝鮮日報》與《東亞日報》便以社論批判盧武鉉，且此後一段時間完全不刊盧武鉉相關報導，以「圍剿盧武鉉」。可想而知，互不信任的因子由此漸長。

盧武鉉執政時期，青瓦臺欲推行媒體改革政策，總統祕書室的宣傳企畫祕書官楊正哲與反對立場的《朝鮮日報》記者秦聖昊，在《一百分鐘討論》中展開一場激烈的唇槍舌戰，雙方言詞激烈，還讓主持人孫石熙一度緩頰：「請減少使用過激的言詞。」保守派大媒體也不斷藉由民事訴訟與近乎謾罵的報導攻擊盧武鉉，直到他二〇〇九年去世。

但關於盧武鉉政府與保守派媒體間的矛盾，孫石熙曾勸道：「如今，盧總統也該減少說自己冤枉的次數了。盧總統雖認為他與媒體間的對立『並非意氣之爭，而是價值衝突』，但他愈說只會愈讓人覺得那就是意氣之爭。有人指出，相較於針對最核心的媒體改革政策，爆發與盧總統或其親信有關的個人爭議時，盧總統更常表現出他對媒體的不滿。當這樣的說法具說服力時，人民不免會認為那就是一場意氣之爭。最重要的是，盧總統愈出面只會愈陷入媒體爭議，導致公民社會無法扮演其應有的角色。總統親自出面不就只會導致公民社會的媒體改革運動失焦，而變成『國家管控』了嗎？[27]」

總統直接槓上保守派大媒體，讓「反朝鮮日報運動」等公民發起的運動與公民社會扮演的角色漸漸式微，總統提出的媒體改革政策亦演變為「總統VS保守派媒體」的對立局面。情況變得矛盾，保守派媒體藉此高喊「政府打壓媒體」，總統反倒成為助長《朝鮮日報》影響力的推手。孫石熙認為：「若媒體有偏差，公民會指出其錯誤，政府再運用國家制度去解決問題即可。但現在的盧總統似乎想一個人解決所有事情。」事實上，盧武鉉連《朝鮮日報》對他近乎抹黑的攻擊也一肩扛下，導致最後以悲劇收場。

華特克朗凱與李泳禧

要理解孫石熙新聞學的靈魂人物孫石熙的性格，必須提及兩個人物：美國人華特克朗凱與韓國人李泳禧，這兩位可說是影響「孫石熙新聞學」最多的人。

華特克朗凱為美國史上最受信賴的新聞人，世人普遍認為他對約翰甘迺迪遇刺案、馬丁路德金恩遇刺案、人類首度登陸月球、水門案、越戰等美國現代史重大事件都作出了客觀報導。

他在一九六二年至一九八一年間擔任CBS《晚間新聞》主播，當時人們甚至稱該時段為「華特時間（Walter Time）」。他重視傳達事實而非主張，是第一位被稱為「新聞主播（anchorman）」的記者。華特克朗凱於二〇〇九年七月逝世時，美國總統歐巴馬哀悼：「克朗凱是無常世界裡的可靠聲音。」

華特克朗凱的主持方式冷靜穩重，廣受觀眾信賴。一九六三年甘迺迪遇刺當日，克朗凱播報總統去世的緊急快報時一度摘下眼鏡、強忍淚意，成為訴說美國人心中悲痛的著名場面。他拒絕從政，始終堅守新聞工作崗位。更持續追蹤報導水門案長達一年六個月，最終促使尼克森總統辭職下臺。他曾強調：「媒體要捍衛的並非本身的自由，而是人民知的權利。」

孫石熙對華特克朗凱的看法是：「一九六二年，華特克朗凱成為CBS晚間新聞主播，當時電視新聞的環境正在改變，新聞主播的角色變得愈來愈重要。商業電視體制不僅讓電視臺的收視率競爭更激烈，也讓新聞主持人成為造星運動的新對象。同時，新聞主持人被賦予更多參與新聞編播的權限。一九六三年的甘迺迪遇刺案就大幅彰顯電視新聞的現場感與即時性，亦使華特克朗凱奠定其新聞主播的地位。……他那如伯父般的親切感與可靠的態度使他備受喜愛，但他總是盡可能不發表個人評論。他的主持方式十分淺白平實，這也能幫助他減少發表個人評論。」孫石熙曾說，「即使某事足以引起公憤，我們也應避免妄加論斷」，從上述段落可見，華特克朗凱應為孫石熙的人生榜樣。

孫石熙認為：「即使克朗凱被允許發表自己的評論，或者他本身就喜歡發表個人評論，他應該仍無法隨意行之。」原因為：「若一個社會保障其中的個體與利益團體擁有某種程度以上的權力，則新聞主播的個人評論一有不妥就會遭到攻訐。……而且，處於美國那種起訴他人的行為頗為常見的社會裡，任何支持或批評某方的言論都可能陷自己於危險中。[28]」這段話似乎也是孫石熙克制自己發表個人評論的考量之一。雖然現在是允許新聞主播發表個人評論的時代，孫石熙對此仍有所警惕。

＊＊＊

不過，孫石熙成為ＪＴＢＣ報導總括社長後，開始於《新聞室》〈主播簡評〉單元發表個人評論。他改變立場了嗎？在此，我們要認識李泳禧這號人物。

二〇一〇年逝世的李泳禧為具有實踐精神的韓國知識分子，他是新聞工作者、新聞學教授、社會運動家，被許多韓國人尊為思想導師。他擔任《合同通信#》記者時，曾匿名投書美國《華盛頓郵報》談韓國情勢，並在一九六〇年爆發四一九革命時，加入示威行列。

朴正熙軍事政權時期，記者李泳禧成為政府的眼中釘。他於一九七四年出版的著作《變動時代的邏輯》，不僅修正了韓國透過既有的反共意識形態看待中共的扭曲視角，亦提出對越戰與韓美關係的新解，成為經典著作。一九八九年，他原計畫前往北韓進行採訪，卻被認為違反《國家保安法》而入獄一百六十天。事實上，他是韓國第一個對南北韓軍力作出客觀分析的記者。他一生總共被逮捕九次、入獄五次。

Hapdong News Agency，韓聯社的前身。

李泳禧於《偶像與理性》談道：「我之所以寫作，是始於追求真理，亦止於追求真理。人不該獨占真理，應該曉之於眾。為此，我必須寫作。寫作等同於挑戰偶像與權威，因而無論何時何地都必須經歷一番苦痛。過去如此，現在如此，未來亦復如是。若不經歷這番苦痛，人類不可能獲得解脫與幸福，社會也將無法迎來進步與榮光。[29]」若延伸李泳禧的這段話，亦可將孫石熙的〈主播簡評〉視為一名知識分子為了「曉以真理、挑戰權威」而行的一場拚搏。

二〇〇九年十二月五日，《視線集中》播出李泳禧的訪談。當時李泳禧已高齡八十，孫石熙親自前往他的住宅採訪。李泳禧表示，他不喜歡「進步派」、「保守派」、「〇〇主義」等用詞，他認為一個人不該將自己畫入任何陣營，應該超越進步與保守之分。

孫石熙問道：「你是否認為韓國社會的左右翼都在發展當中？」#

李泳禧答：「情況遠不及此，令人擔憂，因為目前只有右翼不斷發展，原本應該共同成長、發揮功能的左翼卻日漸萎縮。」他認為：「右翼勢力的各方不斷盤算誰拿多、誰拿少，為了『利害關係』而漸漸分裂；左翼勢力反而因為『過度細分理論與理念』的不良傾向，正在分裂與自取滅亡。」

孫石熙問李泳禧八十年來所堅持的信念為何，他答：「雖然是時常被人提到的概念，我認為是簡樸生活（simple life）與高度理念（high thinking）。」

李泳禧著有《鳥有左右翼才能飛翔》一書，以鳥類的左右翅膀比喻政治上的左右翼。

讀者想必會同意，孫石熙所貫徹的人生信念與李泳禧十分相近，可說是傳承了李泳禧的精神。

此處我無意指稱孫石熙為「韓國的華特克朗凱」或「第二個李泳禧」，孫石熙就是他自己。重要的是，孫石熙成為韓國最受信賴、最有影響力的新聞工作者，是因為他心中懷有信念，且與華特克朗凱、李泳禧的信念相似。

此後，孫石熙卻選擇踏上華特克朗凱與李泳禧未曾走過的路，毅然展開一場冒險。相較於華特克朗凱成為CBS傳奇人物、李泳禧成為《韓民族日報》歷史性創刊的元老之一，孫石熙並未成為MBC傳奇人物或創立新的媒體機構，而是選擇跳槽至保守派政權為了長期執政而催生的有線綜合電視臺。即使這個決定出乎媒體人意料，也非他們所樂見，孫石熙仍展開了一場充滿戲劇性的挑戰。

1《MBC社報》10月號，2000。

2《人VS人》，鄭惠信，2005。

3《MBC社報》10月號，2000。

4 MBC《100分鐘討論》300集紀念訪談，2006。

5《孫石熙現象》，康俊晚，2017/12。

6《文化日報》，2003/11/6。

7 廣播電視學會演講，2017/4/21。

8《文化日報》，2003。

9《韓民族日報》，記者洪世和與孫石熙對談，2004/3。

10《視線集中》留言板，2010/2/23。

11《孫石熙現象》，康俊晚，2017/12。

12《視線集中》，2005/1/8。

13《韓民族日報》，2005/10/21。

14《蟋蟀之歌》，孫石熙，P106。

15 同前註，P107。

16《傳媒今日》，金度研記者採訪，2016/4/14。

17《你好，我叫金柱夏》，金柱夏，2007，Random House Korea。

18《蟋蟀之歌》，孫石熙，P144-145。

19《文化日報》專欄「孫石熙看社會」，2003/5/15。

20《朝鮮日報》專欄，2016/12/15。

21《新聞學全貌》，朴載英、朴成浩、安秀燦，2016，異彩。

22〈總統大選相關報導的品質、深度、公共性質之演變〉，《媒體文化研究》第26卷2號，P33-66，朴宰榮等，2014。

23《我捍衛你說話的權利》推薦序，鄭寬容，2009，Wisdomhouse。

24《韓民族日報》，記者洪世和與孫石熙對談，2004/3。

25〈溝通的障礙：不信任〉，《文化日報》專欄「孫石熙看社會」，2003/7/17。

26〈媒體改革與總統言論〉，《文化日報》專欄「孫石熙看社會」，2003/8/7。

27 同前註。

28〈新聞主播發表評論的時代〉，《文化日報》專欄「孫石熙看社會」，2004/1/30。

29《偶像與理性》，李泳禧，1977，一路社。

第三章 挑戰

孫石熙離開待了三十年的MBC，
來到新聞收視率低迷的JTBC，
從新聞觀察與評論者變成新聞負責人，
人們認為這是一場不自量力的挑戰，
但他已擘畫出孫石熙新聞學的最終藍圖。

各位聽眾就是我的全部

孫石熙離開MBC與進入JTBC，這兩件事幾乎是同時進行。二〇一三年五月十日，孫石熙最後一次主持《視線集中》，兩天後，媒體便報導他即將加入JTBC。孫石熙主持的《視線集中》，陪伴聽眾走過共約五千八百八十三小時的時光。自一九八四年進入MBC後，他先是在二〇〇六年辭去播音員局長一職，成為大學教授與自由主播，接著在二〇〇九與二〇一三年分別卸下《一百分鐘討論》及《視線集中》主持工作，徹底離開待了三十年的MBC。

當時，MBC工會在二〇一二年要求公正報導的一百七十天罷工以失敗告終，時任社長金在哲的人馬繼續掌控報導局與製作局，因此報導局裡盡是罷工期間的新聘記者與未參與罷工的記者，參與罷工的記者與製作人不是被調到無關節目製作的部門，就是被派到首爾市新川洞的MBC學院——又名「新川教育隊#」，接受「再教育」，過著被流放的生活。此類報復性懲罰將MBC學院變得宛如納粹德國的奧

仿全斗煥執政時期設立的「三清教育隊」名稱。

斯威辛集中營。二〇一三年三月朴槿惠政府上任時，MBC已不再充滿生氣。

孫石熙離開《一百分鐘討論》，就是MBC高層向孫石熙展開施壓的起點。二〇〇九年九月，時任MBC社長嚴基永先提議換掉外聘主持人，十一月十九日，孫石熙便卸下《一百分鐘討論》主持人一職。令人無言的是，MBC宣稱替換原因為「主持費過高」。當時有報導指出，孫石熙成為自由主播後的第三年，每集主持費為兩百萬韓元。事實上，孫石熙只是全然接受MBC開的價碼，不曾要求過提高酬勞。從二〇〇二年一月十八日開始主持《一百分鐘討論》，直到二〇〇九年十一月十九日，共約三萬九千分鐘的時間，那樣的辭退理由顯得過於淒涼。

孫石熙最後一次主持《一百分鐘討論》，主播裴賢鎮也參與錄製，後來成為MBC《新聞平臺》主播；接替孫石熙成為節目下一位主持人的主播權在洪，先後擔任MBC新聞本部長與副社長，兩位皆為李明博、朴槿惠執政時期如魚得水的人物。

《視線集中》很快陷入孤立無援的狀態。李明博政府上任後，MBC接連以不明理由辭退廣播節目《這個世界與我們》主持人金美花、《輕鬆上手的經濟》主持人兼經濟學者洪基彬、《視線集中》新聞簡評人金鍾培，只差還沒辭退孫石熙而已。不過，《視線集中》依然不改其風格，被高層視為燙手山芋。有人指出，二〇一二年總統大選前，新世界黨人士皆刻意迴避《視線集中》的採訪邀請。

「經過一番考慮，我想我在ＭＢＣ的角色該畫下句點了。正如『新酒應該裝在新皮袋裡[#]』這句話，或許我所主持的《視線集中》也到了該重新整裝出發的時候。過去十三年來，我不斷堅持著這份早晨時段的工作，一路走到今天。『只要有開始，就會有結束』，這也是我一直以來的想法。」

《一百分鐘討論》、《新聞平臺》、《ＰＤ手冊》等節目的凋零，正象徵了ＭＢＣ新聞體系的頹傾。最終，連最後一道防線《視線集中》也被攻破。

「我了解很多人反對我的決定，但各位若願意給我一些空間，讓我能釐清一直以來思考的一些事情，我將無比感激。我會堅定意志，盡全力去實現我認為應有的正當與合理的新聞，以求未來獲得各位的認可。」

孫石熙最後一次主持《視線集中》，他所說的結束語意味深長，但他別無選擇。當時孫石熙即將進入ＪＴＢＣ，引發不少支持他的人強烈批判，例如「就算是孫石熙，進入三星的電視臺又能改變什麼？」、「孫石熙倒戈了」等，甚至連進步派媒體運動陣營也隱隱覺得「被背叛」，因為該陣營的首要課題為「下架有線綜合臺」，但曾領導一九九二年ＭＢＣ歷史性五十天罷工、宛如公營電視臺新聞靈魂人物的孫石熙，卻作出打擊他們的決定。甚至有人希望孫石熙能夠一直留在ＭＢＣ，頑抗到底。

孫石熙的挑戰就像一場豪賭。曾任ＭＢＣ工會初期幹部的金平浩當時公開表

\# 出自《聖經》。

示失望，嘆道：「雖說『不入虎穴，焉得虎子』但誰都知道他一定會先被生吞活剝。」

進步派媒體運動陣營裡代表學界、曾任韓國媒體資訊學會會長的聖公會大學新聞傳播學系金瑞中教授也表示：「考量到有線綜合臺在社會上的意涵，以及孫石熙所象徵的意義，我認為那是一個錯誤決定。」

時任全國媒體工會理事長姜勝南亦狠批：「並非一、兩個人進去就能夠改變局面的，如果他真的認為有這個可能，那他就是高估了自己的能力。」

然而誰都沒料到，孫石熙執掌三年的JTBC新聞居然一舉獲得信賴度、喜好度及晚間新聞同時段收視率第一名。孫石熙讓那些不看好他加入JTBC的人們頓時臉上無光、感到慚愧。

共同民主黨前黨主席鄭清來曾經看衰孫石熙加入JTBC，並拒絕參加全部有線綜合臺節目，但二〇一六年十月二十四日，JTBC報導〈取得崔順實平板電腦〉後，他於Twitter表示：「JTBC新聞確實體現了媒體應負的使命。今後，若JTBC邀請我上節目，我會答應的。他們辛苦了。」

孫石熙最後一次主持《視線集中》所說的結束語，甚至讓非忠實聽眾也感到鼻酸：「各位聽眾朋友，這些年來，你們給了我非常多關愛，我想好好跟大家說一聲謝謝。嗯……這十三年對我來說真的……是最美好的時光，各位聽眾就是我的全部。所以，我希望跟以前每天早上離開錄音間一樣，就這樣離開。聽眾朋友們，謝謝你們聽到最後，請多保重，再會了。」孫石熙以手帕擦著眼淚，以這段話為他在MBC的歲月畫下句點。

那天上午，包含吳尚津等十多名後輩主播與二十多名廣播製作人，共有四十多人聚集於錄音間外，觀看孫石熙最後一次主持節目並向他道別。其中一名製作人描述當天的情況：「孫石熙前輩與我們一個個握手後，便上樓前往社長室。不僅孫前輩流下眼淚，所有後輩也都哭成了淚海。……他幾乎是MBC新聞的象徵。往後還有誰能夠守護與實踐報導的公正性呢，實在令人擔憂。」

孫石熙離開MBC半個月後，提到離開當天的心境：「各位都知道，MBC度過了一段非常艱困的時期。但去年那場持續近半年的罷工結束後，仍然存在著一些矛盾。為了保護《視線集中》不受影響，我、製作組和許多同事都吃了不少苦。金在哲社長今年初離任後，MBC正重新整裝待發。該怎麼說呢……我想要暫時先放下這個擔子，只是這樣而已。[1]」

後來，《孫石熙的視線集中》變成《申東浩的視線集中》，收聽率掉到最低。收聽率調查結果顯示[2]，第四回（二〇一三年七月九日～七月十五日）《申東浩的視線集中》收聽率，比第三回（五月七日～五月十三日）《孫石熙的視線集中》下降二十八．四%，是自二〇一〇年起每年六次的收聽率調查的最低紀錄，節目廣告收入也掉了一半，部分原聽眾改聽ＣＢＳ《金賢貞的新聞秀》，似乎在說唯有孫石熙，才能提供聽眾真正想要的節目內容。

這應該是最後一次機會了，但我想拚一次

第一次聽聞孫石熙要加入JTBC，我腦中想像的畫面是他變成JTBC晚間新聞主播的模樣。我希望親自觀看這位公正之化身播報的新聞內容，以判斷過去人們對他的評價與事實有無出入。我等待這一切的心情，就如同看到新聞素材源源不絕般地緊張。

二〇一三年五月十三日，孫石熙度過他在JTBC的第一個上班日。他於JTBC的正式聲明中表示「我國社會的最大問題為進步與保守兩大陣營之間日益擴大的鴻溝」，並指出「新聞媒體已經意識到自己應該發揮修補裂痕的作用」。

當時，媒體的關注焦點是孫石熙的「權限」——第一，中央傳媒集團會長洪錫炫願意讓孫石熙發揮多少權限；第二，孫石熙能否與《中央日報》出身的JTBC管理階層磨合。

JTBC節目《舌戰》甚至有人主張：「若JTBC開始能批評三星，孫石熙

擔任報導總括社長才算是成功。」作家許志雄評論：「孫石熙是最能滿足韓國人對『公正』想像的人物。（孫石熙）擔任報導總括社長等同於某種實驗，（實驗）要成功，他必須確保自己執掌報導局時具有完整的自由與獨立性。指標就是『JTBC能否批評三星』。如果能，那就是成功了。[3]」

其中一名主持人金九拉則引述名嘴陳重權的Twitter內容：「說到底，問題在於孫石熙是『造成改變』還是『被改變』。他應該是已經確保自己有權力造成改變，才加入JTBC吧。但觀眾都有某種程度的期待，所以關鍵是（報導）能不能符合期待。（孫石熙跳槽到JTBC一事）對MBC後輩來說，大概就像他從紐約洋基隊跳槽到波士頓紅襪隊一樣，很令人震驚和憤怒吧。」這比喻確實有幾分傳神。

孫石熙也發表了他加入JTBC後的心境：「以韓國年齡[#]來算，我目前五十八歲，所以這應該是最後一次機會了，但我想拚一次。為了以後能讓大家認同我這最後一次的選擇不是錯誤的選擇，我一定要拚盡全力。各位可能很難想像我現在所承受的壓力。我主持清晨節目很長一段時間，最近一樣會在早上四點半或五點醒來。因為壓力大，我從來沒好好睡過一覺，夜裡時常醒來，發現自己冒了好多冷汗。[4]」

韓國計算年齡方式類似臺灣的虛歲概念，出生即為1歲。到隔年元旦又多加1歲，變成2歲。

冒冷汗、睡不好也是有可能的，因為當時JTBC「做什麼都毫無起色」。

＊＊＊

孫石熙即將擔任JTBC晚間新聞主播的前夕，《時事週刊》所公布的二〇一三年九月調查結果，JTBC並未排在「最有影響力的新聞媒體」前段班，僅以影響力一・二％（第十五名）略勝一・一％（第十六名）的TV朝鮮。韓國蓋洛普二〇一三年的「新聞臺喜好度」調查，JTBC第一季為一％，第二季卻降為〇％。總共九個新聞臺裡，JTBC最微不足道。

為了提振收視率，JTBC也曾有過荒唐嘗試，結果淪為笑柄。例如在晚間新聞的氣象預報，記者走向草地上的兔子說：「今天天氣如何呢？我們請兔子來說說！」進行了一段可笑的採訪；或者報導飼養熊隻農場的惡劣環境時，特地將兩隻小熊「萬壽」與「無疆」帶到攝影棚內。

還有更多類似案例。二〇一三年四月至六月，JTBC邀請女團DalShabet前成員Viki擔任晚間新聞的氣象主播；韓國小姐出身、媒體從業經驗不足的主播車藝琳，在現場播報檸檬減肥法的危險性時試吃了一口檸檬，卻意外嗆到；新聞還曾將歌手PSY的〈江南Style〉歌詞改編成〈正恩Style〉，拍成MV譏笑北韓領導人金正恩。

經歷一段整頓期後，二〇一三年九月十六日，孫石熙的新聞以JTBC《九點新聞》之名正式上線。由他領軍的晚間新聞第一個不再出現的，便是身穿迷你裙的女性氣象主播。

洪錫炫三顧茅廬，目的爲何？

媒體界流傳著一個公開的祕密：二〇一二年總統大選，三星支持的候選人是文在寅。但我們很難以此推論，中央傳媒集團會長洪錫炫是依照三星的意思，將孫石熙挖角到JTBC，因為孫石熙是最令三星忐忑不安的人物，舅舅理應不會給外甥苦頭吃#，所以孫石熙的人事案與三星無直接關係。

再者，洪錫炫與三星，已經不像他父親洪璡基與姐夫三星會長李健熙之間為垂直關係。二〇一三年，洪錫炫亦正式與三星脫離關係，因為三星Display公司與美國Corning公司達成換股協議，三星Display公司出售原先持有的三星Corning公司股份，再大量買進美國Corning公司股份。洪錫炫持有的三星Corning七．三%的股份也在此時一併被賣出。

有人認為，三星曾藉由三星Corning公司的豐厚股息金援《中央日報》，因此，洪錫炫持有的三星Corning股份亦象徵了他與三星的關係。二〇〇九年以前，

洪錫炫為三星副會長兼實際領導人李在鎔的舅舅。

三星Corning公司的配息率都維持在五成左右；二〇一〇年，《中央日報》正籌備設立JTBC，配息率便衝上九十八・六五％；二〇一一年為七十八・一％；二〇一二年達到一〇四・九％。洪錫炫分別於二〇一一年獲得股利兩千四百六十四億韓元、二〇一二年獲得一千三百億韓元、二〇一三年獲得九百七十五億韓元，很多人認為那些資金大部分都投入了JTBC。

關於二〇一三年三星Corning股份出售案，《韓民族日報》指出「三星與《中央日報》一家僅存的持股連結已斷」；《京鄉新聞》則指出「洪錫炫與三星的持股關係宣告結束」，並引述金融界人士看法：「三星對於洪錫炫領走龐大股利一事耿耿於懷，似乎希望在這次事業部門與股份重整時，一併處理與洪錫炫的關係。」

《中央日報》指出，二〇一六年十月爆發崔順實干政案時，洪錫炫曾去了一趟青瓦臺。至於總統朴槿惠當時對洪錫炫說什麼，可想而知。不過，JTBC的新聞報導未出現任何變化。後來眾所周知的是，朴槿惠欲透過李在鎔向洪錫炫施壓，要求他讓孫石熙停止相關報導，但JTBC報導局仍火力全開。至少在筆者寫作當下，洪錫炫信任孫石熙並允許他全權主導新聞一事是很明確的。

洪錫炫從很早以前便與朴槿惠政府處於對立，他曾批評：「政府當局對我們所面臨的危機以及機會，抱著過於安逸的想法。[5]」對照洪錫炫之後的政治動向，可發現當時他似乎有意一方面透過JTBC的新聞照顧在野人士，一方面透過《中央日報》照顧執政人士，讓JTBC與《中央日報》各自為左翼與右翼發聲。

那麼，洪錫炫為何沒有一開始就讓JTBC新聞確立其定位？或許他認為在缺乏孫石熙的情況下難以成功定位，只憑當時既有的人力、資源，就在報導上與政府兵戎相向的話，不僅政治面會陷入孤立，商業上也會面臨危機。

電視臺無法自行培養出兼具高收視率與高影響力、成為自家招牌的媒體人時，就必須從外界挖角。於是，JTBC聘請了從不囿於陣營之分的孫石熙，使局勢大幅翻轉，並期待能夠提高外界對JTBC的關注度及知名度。

＊＊＊

洪錫炫在自己的書中公開了他聘請孫石熙的來龍去脈：「JTBC剛開播時，我不是沒思考過電視臺政治傾向的問題。《中央日報》雖以『開放的保守派』為目標，也刊出很多進步派的文章，但《中央日報》確實更貼近保守派。同一個集團下的電視臺就必須走相同路線嗎？我決定不去煩惱那個問題。電視臺屬於進步派或保守派並不重要，我在乎的是『與最優秀的人才一同攜手並進』。」他將「最優秀的人才」定義為「遇到任何困難都能秉持正直想法與行動的人」：「之所以決定聘請目前負責主持JTBC晚間新聞的孫石熙，也是基於相同考量。我認為，孫石熙是最符合公正報導、最不偏袒任何一方的人。[6]」

洪錫炫也提到要聘請孫石熙時的心境，「就像劉備為尋得天下賢士而登門拜訪諸葛亮」。他曾經邀請孫石熙兩次，但兩次都被孫石熙拒絕：「是否要進入保守派的《中央日報》核心，想必不是一項容易的決定。我完全可以理解他的難處。……若我在那時便止步了，現在的JTBC晚間新聞就會是別人主持，而且呈現出別種風貌。但不知為何，我不想就此放棄。某個寒風刺骨的日子，我正好約他出來再見一次。他這個人就如同從遠距離看到的樣子般，很乾淨、很純粹。我們一邊喝酒，一邊暢聊，渾然不覺時間流逝。……時機成熟後，我自然而然地提到了電視臺的話題，我試著再懇求他一次。孫石熙想了一會兒，說：希望我全然信任，並全權交付給他。[7]」

洪錫炫寫道：「我原本就打算若成功聘請到孫石熙，將給予他在新聞報導上的所有權限，且不多作干預。於是我們握手談定。如同我的預想，孫石熙作出很好的成績。不，應該說，他遠超乎我的預期，甚至改變了年輕族群對有線綜合臺的不良印象。他對抗最龐大的勢力時，也絲毫未曾動搖。」洪錫炫的策略成功了。以往洪錫炫只憑《中央日報》，無法在搶占議題時勝過《朝鮮日報》；如今有了JTBC，洪錫炫不僅擴大中央傳媒集團在政治上的寬度，也製造出能夠超越朝鮮傳媒集團的機會。

洪錫炫與孫石熙達成絕妙的共生關係，可說是「欲透過孫石熙擴大媒體影響力」的中央傳媒集團策略，以及「因MBC衰敗，必須設法為公民繼續呈現公正報導」的孫石熙的目標，兩者正好結合在一起的結果。

ＭＢＣ的悲劇，ＪＴＢＣ的轉機

倘若ＭＢＣ沒出現問題，孫石熙會考慮去ＪＴＢＣ嗎？

看似會永遠留在ＭＢＣ的孫石熙決定轉往ＪＴＢＣ時，ＭＢＣ內部有說法指出：孫石熙不願意再忍受更多侮辱。可以確定的是，金在哲社長麾下許多部屬確實不停打壓《視線集中》製作組，以間接折磨孫石熙。

孫石熙進入ＪＴＢＣ後，不僅打破三大無線臺（ＫＢＳ、ＭＢＣ、ＳＢＳ）的光環，更為原本是保守派政權意圖長期執政而設立的有線綜合臺ＪＴＢＣ，賦予了作為媒體而存在的價值，扭轉了觀眾的認知。孫石熙原是公營電視臺ＭＢＣ一手培養出的最大資產，高層卻莫名其妙地捨棄了他，如此的「失職」也引發蝴蝶效應，一步步導致ＭＢＣ、乃至於無線臺體系的衰敗。

ＭＢＣ的悲劇變成有線綜合臺ＪＴＢＣ的機會。ＪＴＢＣ自開播時，便將孫石熙設為他們第一個要聘請的目標。據傳ＪＴＢＣ開播便先聘請了孫石熙的姐夫、前MBC製作人朱哲換，亦是為聘請孫石熙而鋪路。

當時的電視臺體系裡，三大無線臺、四大有線綜合臺，再加上兩個新聞臺，共有九個電視臺播新聞。觀眾會斟酌收看各家新聞，但當時的九家新聞如出一轍，無論是KBS、YTN或TV朝鮮，報導框架大同小異，有如總統大選結果為五十二票對上四十八票時，九個電視臺都只為那五十二票說話一樣。

屬於那四十八票的人往往選擇不看新聞，不然就是尋找替代性節目或聽Podcast。因此，在那樣的局面裡，只要有一家電視臺願意為那四十八票的人發聲，必定會取得商業上的成功（不過，JTBC並非只為任何一方發聲）。

有線綜合臺成立後，進步派媒體運動陣營裡也有人預測，九個電視臺裡至少會有一家站在與朴槿惠政府相對的立場上，可能性最高的是SBS。然而朴槿惠政府執政時，SBS卻淪落得像培養青瓦臺首席宣傳大使的補習班。

於是，JTBC將MBC的悲劇轉化為自己的機會。就這點而言，洪錫炫的手腕可說是非常高明。對洪錫炫來說，當時JTBC的聲望已經跌到無法再跌，身為電視臺體系裡的「挑戰者」，他似乎希望藉由聘請孫石熙，開闢出明顯的進步派路線，以提升電視臺的競爭力。相反地，同樣身為「挑戰者」的TV朝鮮卻以成為韓國的福斯電視臺為目標，展現出極右派傾向。

熟悉現場直播一百分鐘的男人

進入JTBC後的孫石熙希望打造出什麼樣的新聞？孫石熙接受被MBC解僱的記者朴成浩採訪，談到當時既有的新聞報導：「有故事（story）卻沒有歷史（history），有文字（text）卻沒有脈絡（context），這是最令人痛心的。雖然記者不停追新聞、報導社會現象，但觀眾無法得知現象背後的脈絡與歷史，便無法深入理解新聞與反饋任何意見。

「目前的電視新聞不過是將人們在白天看過的事轉化為新聞畫面與記者旁白罷了。年輕族群之所以愈來愈不看電視，一方面是新聞選擇不多，另一方面是因為他們熟習數位產品的操作，透過網路與社群媒體即能探究事情的歷史與脈絡。[8]」孫石熙對電視新聞的看法十分精準，即一直不願脫離窠臼。在他長期主持《一百分鐘討論》與《視線集中》後，似乎鍛鍊出更具體的問題意識。

為了改變既有的電視新聞，孫石熙認為首先要改正的就是記者跑線制度[#]：

出入處制度（출입처 제도），記者固定出入政府機關或企業採訪，在部所設立記者出入處之慣例。

「從內容層面來看，電視新聞總是充斥新聞供給者單方面想講述的內容，而不是去探討觀眾希望知道的事。只要記者出入制度不改變，電視臺的新聞編播會議也只會依照記者出入處給的標準做新聞。要突破現有的百貨商品陳列式新聞，就必須廢除記者出入制度。記者若每天只在官方新聞稿上加一些補充採訪，就不是處於主動位置。當記者習於這樣的工作型態，將會喪失一大半的自主取材能力。」

孫石熙認為應該摒棄百貨商品陳列式新聞，強化深度報導：「我們能夠預測觀眾對哪些新聞事件有較多意見與爭議，因此與其報導三十多條不同的新聞，不如分配更多採訪人力與編製時間給那些存在爭議的事件，就算報導條數會因此減少許多。」他對此的問題意識也巧妙反映於他的新聞中。孫石熙熟悉於進行一百分鐘的現場直播，後來他便將晚間新聞拉長至一百分鐘，且將焦點放在幾項大議題上，成功作出差異化。

「記者與主播的一對一談話形式也是一項成功的改變。我從一開始就要求出現在《新聞室》的記者說話時只能看著我，他們是為了與我對話才上節目的，卻很習慣對著攝影大哥或製作人說話。例如，他們只在回答『是的，沒錯』時看著我，接著便轉向攝影鏡頭繼續說下去。記者對著主播說話時是對話的語氣，對著攝影機說話卻往往變成演說、朗讀的語氣。改變必須從『形式』做起。」於是，《新聞室》的記者開始與孫石熙主播產生眼神交流。

為了做出與其他新聞節目不同的感受，孫石熙不只將重要新聞的報導長度拉長，還有一項改變，即便不熟悉孫石熙新聞的人也能一眼就看出，就是「現場連線」。記者手持麥克風站在國會前、青瓦臺前、燭光集會前、法院前進行連線報導，回答主播孫石熙的提問。於是，孫石熙提問後、在記者回答前的一到兩秒間所散發的緊張感，成為孫石熙新聞的一大特色。孫石熙希望盡可能在任何情況下都進行現場連線。但現場連線的出錯率較高，他為何如此堅持？[9]

一名不具名的JTBC記者表示：「孫石熙偏好現場連線。他認為，即使連線品質可能不夠好，但呈現出現場畫面總是好的。他對所有記者說，不要照稿念，要徹底理解新聞，才能夠進行現場連線。他說：『如果我會好奇，那觀眾也會好奇。』」

孫石熙之所以堅持進行現場連線，除了要增加新聞臨場感，也是為了訓練記者完整理解新聞。若反覆經歷這樣的訓練，或許就能像JTBC記者徐福賢[#]一樣，每天都在孫石熙旁邊進行新聞評析。

進行現場連線前，記者必須更仔細探究事件，仔細取材。若沒能成功回答孫石熙提出的問題，隔天仍須進行相關報導。世越號船難時，孫石熙曾在現場直播的新聞節目中，直接指示身在彭木港[##]連線報導下午搜救結果的記者金官，繼續調查晚間搜救結果，因為失蹤者的家屬會希望得知相關資訊，並在節目結束前又確認一次

\# 徐福賢原任職於MBN，以具經歷者身分進入JTBC。2019年12月，孫石熙卸下《新聞室》主播職務，由徐福賢接任

\## 距離世越號船難發生地點最近的港口。

調查結果。

他也曾因JTBC負責跑青瓦臺的記者出席了二〇一七年初朴槿惠舉行的記者招待會，便犀利質問為何要出席，直指其程序與內容問題；也曾在《新聞室》直播中，因記者李智恩一時答非所問，孫石熙便說：「李智恩記者，我問的不是這個。如果你沒有調查到這部分，就請直接說你沒調查到。」對記者而言，那定是全身發麻、心臟停止般的震撼經驗。

我想知道的事情很多，請準備好

現場連線時也會出現突發提問嗎？當然會。因此連線記者無不在面對孫石熙時緊張不已。JTBC記者每次要開始連線前，孫石熙都會先聯絡記者，並告訴他們：「我想知道的事情很多，請準備好。」

記者表示：「雖然孫社長要我們準備好，但我們往往沒什麼時間準備，只好在新聞結束前一直繃緊神經。」記者每天都要經過一次這樣的磨練，畢竟孫石熙主持現場節目《一百分鐘討論》與《視線集中》十多年，他比任何人都了解直播的優點。

一旦熟悉現場直播，自然也能從容應對突發狀況。JTBC記者表示：「孫石熙的領袖魅力來自於他的實力。（二〇一六年慶州）地震發生後，新聞進行到一半，突然在八點二十分左右改為地震特別報導，孫社長獨自主持了一小時的新聞特別節目，真的非常專業。當時一直沒有任何消息呈上來，所以孫社長以不停進行電話連線的方式完成了一小時的現場直播。他的應變能力非常好，主持實力更是沒話說。雖然他有武斷與挑剔的一面，但他推動的事情大多都能成功。」

不過，孫石熙當然也有一些現場直播的經驗是羞於向他人提起的。一九八七年八月二十九日，京畿道龍仁市的一間工廠屋頂，發生三十二人集體死亡的離奇「五大洋集體自殺事件」，當時原有節目被中斷，由孫石熙負責播報緊急快報，但他獲得的資訊只有友臺新聞播報的兩條新聞標題而已，卻必須拖延時間。說要傳來的緊急快報一直沒有出現，被逼到絕境的孫石熙再也無法忍受重複同樣的新聞內容。

「呃，這起案件……似乎難以認定為集體自殺，很可能是他殺……」

日後，孫石熙回憶此事：「我這沒有任何證據的主播在這裡亂講話，誰來負這個責呢？我真恨不得馬上收回那些話，但失言早已直播出去，很快就會成為無情的嘲笑傳回來，我不禁流下雙倍的冷汗。[10]」可見，孫石熙同樣經歷過多次現場直播與新聞快報的訓練，才得以理解新聞。

＊＊＊

孫石熙若對於某些報導有意見，也會直接用通訊軟體告訴記者。

一名ＪＴＢＣ記者表示：「如果沒在幾分鐘內已讀的話，公司祕書就會打電話來，要我盡快聯絡孫社長。晚上六點半後更必須迅速已讀。」孫石熙用通訊軟體聯絡記者就是在溝通，但內容幾乎不會是讚美。記者都認為，收到孫社長傳來的訊息是恐怖的經驗。該記者補充：「但這不常發生，而且最近比較會透過局長傳達意見，而不是直接聯絡記者。」

孫石熙執掌報導局的方式或許有些偏執，卻也頗為細膩與直截了當。為了增進與記者間的互動與接觸，孫石熙曾經每週舉辦一次三明治餐會。但由於記者們的發言無意間被傳到編播局，該聚會最後便不了了之。

即使如此，孫石熙仍十分受記者們喜愛。一開始在位於西小門的《中央日報》總部上班時，他未將自己的辦公室設於高樓層，而是設於一樓報導局，減少與記者間的距離感。某日，孫石熙辦公室門上被貼了一張孫石熙與魔鬼終結者的合成照，標題為「新聞終結者」，大概意指孫石熙是永遠不滅的新聞主播。

一名不具名的JTBC記者評價孫石熙：「孫社長的領導方式在媒體界相當少見，所以有時候很不習慣，但心底終究是希望他那種領導方式能夠成功，因為那似乎是讓所有員工動起來的關鍵力量。」

從MBC的人變成JTBC的人

「談到晚間九點的整點新聞，您可能不會想起JTBC，而是習慣收看其他頻道，或者九點根本不會想起電視的存在。JTBC《九點新聞》即將展開一項高難度的挑戰，這不會是一趟輕鬆的旅程。我們知道某些人正投以尖銳目光，但JTBC《九點新聞》要為大家展現出真相的力量。……敬畏弱者、撼動強者的新聞，就是我們的目標。」

二〇一三年九月十六日，JTBC在聘請孫石熙的四個月後進行了新聞節目改版。宣布改版的其中一支預告出現孫石熙的聲音，另一支影片則將JTBC所追求的新聞價值定調為「事實、公正、均衡、品味」。

身為JTBC報導總括社長，孫石熙亦親自擔下晚間新聞主播的工作，是繼一九九九年MBC《晨間新聞二〇〇〇》後，睽違十四年再度擔任新聞主播。

這次改版為孫石熙親自主導的整頓成果。關於主播人選，他一直苦惱到最後一刻。若比喻為籃球比賽，他等於身為教練卻必須兼扮演主力選手，親自下場，讓人聯想到美國影集《新聞急先鋒（The Newsroom）》裡的主播威爾麥艾維。孫石熙這樣解釋他擔下主播一職的原因：「為了讓觀眾看見JTBC新聞的改變，我想我應該親自主持，後輩也能更快與我形成共識，我認為這才是盡到我的責任。JTBC不會屬於任何一個陣營。我想，從主持《視線集中》與《一百分鐘討論》開始至今的三十年來，我從未偏離這項原則。[11]」

孫石熙將《視線集中》時期一起共事的多名編輯聘請至JTBC，他離開該節目後，許多編輯也一同辭職，如今再次於JTBC重聚。同年八月，JTBC亦大舉招募具工作經驗的記者。JTBC新聞開展出全新的內容與形式：重要議題的深度報導、議題核心人物的棚內專訪、特定議題的民調結果，新聞結尾時則將鏡頭拉遠、拍攝棚內全景並伴有背景音樂。從木匠兄妹等懷舊金曲，到韓國獨立樂團屋頂月光的〈Walk〉、歌手IU的新歌〈Dear Name〉等，選曲風格多元。每日的選曲不僅傳達出某些訊息，也為新聞注入一絲溫暖。

起初，JTBC晚間新聞時長與他臺同樣是五十分鐘，改版後增長至一百分鐘，以「更進一步，深入探究」的姿態重新出發，雖然同樣有一分三十秒長的報導，但不再是百貨商品陳列式新聞，而是圍繞某一主題、連續報導多條新聞，集中探討特定議題，接著請記者到棚內與主播對談，展現新聞背後的脈絡與意義。JTBC新聞是藉由主題式新聞羅列出當天多個重要議題，主播會親自訪問當事人，甚至請當事人到棚內受訪，正如《視線集中》電視版。

「各位觀眾好，我是孫石熙。從今天（十六日）起，我再次將於每天晚間為各位播報新聞。雖然我與全體人員都感到任重而道遠，但所有人都為了今天齊心協力、作足準備。大約七十年前，法國《世界報》創辦人尤博伯夫梅里曾說，『將傳遞所有事實，只傳遞事實』。我們相信，若能做到如此，我們的重擔與壓力也會漸漸減輕。我們會一直朝著這個目標努力。」

那時很多人正等著冷嘲熱諷，孫石熙的壓力多大，可想而知。但他最終選擇站到幕前，以示他對報導內容全權負責。若他無法超越以往在MBC的表現並展現出不一樣的成果，大眾必定很快會冷眼以對。

當時《中央日報》一名記者表示：「公營電視臺沒能發揮應有的功能時，我們民營電視臺聘請了孫社長，希望可以真正做點什麼。所有一線記者都抱有很大的期待，希望作出比以前更具影響力、更公正的新聞。」然而，大部分《中央日報》記者都對突然空降的孫石熙也頗有微詞。

JTBC的野心勃勃，同時推出平日下午三點的綜合新聞節目《鄭寛容的時事現場》，及下午六點由MBC前主播文智愛等人主持的教育節目《改變你的六點鐘》，但都無法獲得預期的成績，可想而知，孫石熙心中的壓力只會隨著時間日益加重。若他最終無法給出漂亮的成績單，處境必將岌岌可危。

批評三星、揭發國情院介入大選

孫石熙決定加入JTBC後，很快就在《時事IN》裡談到他將如何報導三星相關議題：「我在《視線集中》裡討論過三星的問題很多次。我不敢說接下來會做得比那時候更多，但至少會維持相同水準。」至於先前所說，他能全權掌握新聞方向與論調，是否也適用於三星相關報導？孫石熙也給予肯定的答覆。

他曾在二〇〇七年十一月八日、九日連續兩天於《視線集中》訪問揭露三星祕密資金問題的律師金勇澈；二〇〇六年《時事週刊》第八七〇期〈三星副會長李鶴洙權力過大〉一文被迫撤下，引發「時事週刊事件」時，他也曾公開聲援，並協助《時事IN》創刊。

《時事週刊》罷工期間，《視線集中》訪問了工會理事長安哲洪與前編播局長徐明肅，並積極讓社長琴昌泰因三星的一通電話就撤掉報導、損害言論自由一事成為公眾關注的議題。媒體間向來有「不報導別家內部編播爭議」的默契，孫石熙的三星相關報導打破了這個慣例，很難不引起人們注意。

二〇一三年十月十四日，JTBC以獨家頭條報導了三星集團一份關於抑制工會成長的策略文件。據了解，那是正義黨國會議員沈相奵親自拿給孫石熙的。當天揭露三星「去工會」策略的系列報導，包含沈議員的採訪在內，足足有五條新聞。

主播孫石熙說道：「身為第一名企業的三星，看似光芒萬丈，卻也存在暗影。三星集團一直都以『不需要工會的經營之道』為豪，也就是說，他們認為三星正是因為實行了『沒有工會也無妨的經營方式』而得以成長為跨國企業。然而，那股光芒背後，一直都隱藏著『去工會』策略的暗影。」

幾個月後，在三星半導體工作時罹患白血病死亡的員工黃宥美的父親黃尚旗，現身JTBC晚間新聞，批判三星。

雖然有人認為這種報導無法對三星造成任何打擊，JTBC只是想藉此增加曝光度，但在當時，其他八家電視臺沒有一家敢播出這種新聞。至於只會報導「雨天時，香腸麵包總是賣得特別好」的MBC，以及淪為政府宣傳工具的KBS，甚至認為三星應該被排除在被新聞批判的對象之外，對社會的主要矛盾視而不見。於是，孫石熙開始藉由報導，慢慢打破大眾對JTBC及有線綜合臺的報導都非事實之偏見。

＊＊＊

ＪＴＢＣ新聞改版第一天的集中分析報導為〈監察總長蔡東旭私生子事件為國情院審判帶來的影響〉，徐福賢記者當天就在監察院；日本首相安倍晉三要求韓國撤回福島水產禁令時，十月十一日，《九點新聞》以連續五條頭條新聞，報導福島核輻射汙染的疑慮；發生反對興建密陽電塔時，ＪＴＢＣ實況連線了抗議現場；爆發國情院介入大選疑雲及引起「不服大選結果」爭議時，ＪＴＢＣ邀請了新世界黨與民主黨#議員到棚內辯論；韓國性別平等指數位於全球國家末段班的報告出爐時，ＪＴＢＣ當天便做民調，探討性別平等指數與實際民情是否符合。以上針對人民關心的議題進行深入探討、提高人民對事件的理解度、讓觀眾自己對問題作出判斷，類似以往的《視線集中》，而現場直播辯論，也讓人聯想到《一百分鐘討論》。

ＪＴＢＣ《九點新聞》改版後的一個月，報導了〈朴槿惠的基本年金福利政策變成空頭支票〉、〈人事混亂導致總統支持度下滑〉、〈四大江事業項目諸多腐敗與預算浪費〉、〈日本核輻射汙染疑慮〉、〈取得三星去工會策略文件〉、〈國軍網路司令部疑似散布選情相關留言〉、〈國情院介入總統大選〉、〈核電貪腐〉等一項又一項重要的社會待解議題。其中，國情院介入大選的議題更多次成為新聞頭條。

與三大無線臺相比，ＪＴＢＣ晚間新聞的議題選定與集中度最為極端。《廣電

當時的韓國兩大政黨。

記者》指出，三大無線臺晚間新聞的平均報導時長為一分三十秒，平均報導數量為二十五條，屬於「百貨商品陳列式新聞」；ＪＴＢＣ則截然不同[12]。當時的《廣電記者》總編朴成浩以二〇一三年十月二十一日資料為基準，製作泡泡圖分析各家電視臺晚間新聞的報導組成結構，結果顯示，ＫＢＳ的核心議題有國情院介入大選疑雲（四百二十七秒）、警察之日（三百二十六秒）、勞動時間縮短（兩百六十八秒）；ＭＢＣ只有國情院介入大選疑雲（兩百一十九秒）、地方慶典的對照（兩百一十三秒）堪稱核心議題，其餘皆為零散新聞，為典型「百貨商品陳列式」；ＳＢＳ同樣只有國情院介入大選疑雲（三百三十一秒）為明顯核心議題，其餘亦為零散新聞。

相反地，ＪＴＢＣ晚間新聞花了一千零十秒集中報導國情院介入大選疑雲，比三大無線臺同一天、同議題報導總時長的九百七十七秒還多。接在後面的報導是全國教師工會法外工會爭議，用了三百一十五秒。朴成浩認為，這種報導組成結構特徵為首要議題、次要議題占據壓倒性比重：「在議題選定與集中度方面，ＪＴＢＣ的數據是目前所有電視臺最極端的。」

孫石熙於同一期《廣電記者》訪談自評：「節目形式已經大致底定，至於內容如何充實，還要多加努力。」ＪＴＢＣ晚間新聞改版後，新聞條數從以往的三十條減少至二十條以下，收視率則上升一・五倍。

孫石熙表示：「人們整天都會瀏覽新聞，我們不過是瞄準那些不想看片段文字、而是連續脈絡的觀眾需求。我們若回復成百貨商品陳列式的新聞，一切就失敗了。目前已經騎虎難下。只要有我在，絕不可能重蹈覆轍。」

投入網路直播晚間新聞的老將

電視節目的目標是要讓民眾更常選擇看電視，JTBC卻出人意表地嘗試了新的可能——在韓國入口網站Naver與Daum直播晚間新聞。韓國於二〇一二年成為智慧型手機使用率第一名的國家，JTBC的決定正是鎖定新聞需求者的消費習慣，希望藉助二十至四十九歲年齡層的力量，提升自身的新聞影響力。

於是，只要開啟入口網站，於首頁點一次按鈕，即可收看現場直播的JTBC晚間新聞，新聞結束後還能下載全部內容，以便再次收聽，Podcast裡也能下載。這是電視史上首次有電視臺將晚間新聞放在入口網站直播。後來，三大無線臺與其他有線綜合臺也紛紛跟進，進軍入口網站首頁。

事實上，傳統媒體透過新興媒體播放是有風險的。二〇一四年前，《朝鮮日報》、《中央日報》、《東亞日報》都還未提供新聞給Naver手機版新聞頁面，因為一旦這麼做，會導致Naver平臺影響力上升。就電視臺的立場，於入口網站直播新聞，必定面臨收視率下降或停滯。此外，目前的收視率計算方式尚未納入網路收視率，因此可能也會影響廣告收入。

但JTBC最終仍選擇進軍入口網站：「比起現有收益，我們認為提高觀眾觸及率更為重要。」在入口網站直播新聞的點子正是孫石熙提出的，他認為，傳統媒體與新興媒體是互為相生的關係：「現在被歸類為傳統媒體的廣播、電影、電視剛被發明出來時，都曾經屬於新興媒體。每當新興媒體出現，總會有人大膽預測舊有媒體將漸漸沒落。……但那些認為技術進化的新興媒體出現，既有媒體就會被淘汰的預言全都錯了。近年來，傳統媒體為了與新興媒體互相競爭並存活下來，也會與新興媒體結合。因此，傳統媒體不是新興媒體要打倒的對象，而是可以互為相生。[13]」

孫石熙這種融合性思考後來發展成JTBC在入口網站直播晚間新聞的決策。JTBC新聞九月十六日改版後雖然普遍獲得好評，收視率卻未大幅上升。有人認為該決策亦是為了賭賭看能否長期提升JTBC的頻道知名度與網路影響力。結果智慧型手機使用者透過手機更容易接觸到JTBC新聞，對新聞的關注度也增加了。JTBC的決策，大幅改變了人們收看新聞的模式。

根據民調機構「韓國研究公司」發表的研究[14]，二〇一六年，《新聞室》收視來源為：電視六十・九%、個人電腦十三・四%、手機二十五・八%。反觀同時段的他臺晚間新聞，有八成五的收視來源為電視，形成強烈對比。《新聞室》的手機收視來源占比是無線臺晚間新聞的兩倍以上。考量到目前的收視率計算方式只計入電視收視來源，實際上JTBC的新聞影響力很可能比現有的收視率數據更高。因為九成的無線臺觀眾是在新聞播出時段準時收看；相反地，JTBC有近三成觀眾是利用隨選視訊（VOD）或網路新聞收看，非準時收看的觀眾比例較高，顯示其觀眾「有意收看新聞」的意向較明顯。假使出現新的收視率計算法，將網路收視人口也納入，JTBC將可望提升廣告收入。

二〇一四年六月地方選舉時，JTBC於自家首頁、Naver、Daum、Nate、YouTube等網站播出開票直播節目，總計網路收視人數突破一百二十二萬人。其中超過四十萬人是透過Daum收看。世越號船難發生後，JTBC新聞的網路直播點擊次數更大幅增加，船難後第五天，四月二十一日的單日瀏覽數更突破一百萬人。

崔順實干政案爆發前的一至九月，計入JTBC首頁、各大入口網站、YouTube與Podcast，《新聞室》的每月網路收視人數平均維持在五百萬至六百萬人；爆發干政案的十月上升至一千兩百六十二萬人；十一月暴增至兩千三百五十六萬人；十二月高達三千萬人；國會通過朴槿惠彈劾案的十二月，則有兩千九百六十四萬人於網路上收看《新聞室》。

JTBC《新聞室》收視者使用的網路新聞平臺，依使用頻率高至低為：Podcast、YouTube、各大入口網站、JTBC自家首頁。這都要歸功於「數位優先」策略。

因朴槿惠而團結的《中央日報》與ＪＴＢＣ

如外界預期，朴槿惠政府對ＪＴＢＣ新聞採取的對策為行政處分。行政處分與行政指導不同，能讓電視臺在進行核發執照時被扣分，是較為高段的管控方法。

放通委認為，ＪＴＢＣ探討二〇一三年底朴槿惠政府要求解散左翼政黨統合進步黨一事#，並於節目中訪問該黨發言人金在姸的做法「明顯違反公正性原則」。由執政黨推舉的多名委員表示，要以行政處分中的最高手段「懲戒相關人士（扣四分）」處置。然而同一時期，放通委卻認為ＴＶ朝鮮針對監察總長蔡東旭疑似有私生子的報導引起民怨「沒有任何問題」，被質疑不公平，引發爭議。當時，ＴＶ朝鮮只播出據傳是蔡東旭情婦的傭李某的說詞，卻未播出任何平衡報導立場。

ＪＴＢＣ對放通委的意見提出反駁：「我們與其他頻道不同，針對一個事件進行八分鐘訪談是基本做法，指責我們時間分配不均，是因為他們無法理解深度報導的概念。如果放通委認為我們的公正性有問題，那麼ＴＶ朝鮮與Channel A的公正

2013年11月5日，韓國政府以統合進步黨屬「違憲政黨」，信奉主體思想、推崇朝鮮，提出停止政黨活動的申請。2014年12月29日，韓國憲法法院頒布命令，強制解散統合進步黨，5名國會議員被剝奪議員資格，該黨成為大韓民國自1987年民主化以來，首個被憲法法庭勒令解散的政黨。

性，他們怎麼解讀？」

再者，當時JTBC的訪談亦頗受好評，例如韓國女性民友會媒體運動總部所長尹貞珠認為：「大部分媒體都對從北[#]議題默不作聲，唯有JTBC邀請當事人直接於節目中發表意見；同樣的，至今也沒有一家媒體公正傳達過統合進步黨的立場。JTBC雖是有線綜合臺，卻做出很有勇氣的選擇。」對放通委的重罰難以接受。

日後公開的青瓦臺前民政首席祕書官金英漢的備忘錄裡顯示，JTBC準備將《新聞室》改版為兩小時晚間新聞節目時，青瓦臺一直很關注，且研議要利用放通委進行制裁。二〇一四年九月十五日的備忘錄寫著「JTBC於二十二日開始八點晚間新聞」、「可能對目前保守氛圍帶來不良影響，要求積極找出錯誤報導並採取法律手段」、「利用放通委進行起訴」等，同年六月還寫下「列出JTBC扭曲新聞價值的事例」，可見當時青瓦臺認為JTBC的「議題設定」是在扭曲新聞價值，而他們就等著JTBC出錯。

有趣的是，放通委提出要重罰JTBC時，《中央日報》許多記者公開反對。當時，《中央日報》仍有許多記者對JTBC那些批評政府的報導抱持否定態度，甚至傳出《中央日報》記者因JTBC的報導而在記者室面臨困境。不過，當放通委祭出「懲戒相關人士」措施後，韓國唯一的報社與電視臺綜合工會、包含《中

政治思想親北韓。

央日報》與JTBC大部分記者在內的中央日報JTBC工會，旗下的公正報導委員會很快就發表立場批評放通委，代表《中央日報》記者已經將孫石熙視為「家人」了。

工會的公正報導委員會發表了特別報告書聲明：「直接訪問社會議題的核心人物，是向觀眾傳遞新聞本質的最有效方法。我們認為相較於其他電視臺，JTBC的報導更符合一個能公平傳達社會各階層意見之公器角色。」

由於《中央日報》曾在二〇一二年總統大選前，故意於報紙頭版的大選辯論會照片中漏掉候選人李正姬#，上述聲明對《中央日報》而言是一次勇氣十足的發言。發生崔順實干政案後，《中央日報》亦與JTBC呈現絕佳合作，回想起來，兩者可說是因朴槿惠而團結在一起。

＊＊＊

復出五十多天後，孫石熙在廣播節目上談到對JTBC新聞的感想：「所有觀眾和整個社會將對我們進行評價，我們必須盡最大努力。」一提到他親自擔任主播一事：「我想如果由我來帶頭，或許會更容易獲得我們記者的認可。」當時他的首要之務就是與報導局記者交流。「我終會有離開JTBC、離開新聞界的一天。到了

\# 當時參與辯論的候選人有文在寅、朴槿惠與李正姬。

要離開時，如果後輩會說『跟孫石熙一起共事的那些時光真好』就好了，我只希望自己能夠成為那樣的前輩。」

他在同天的訪談也提到自己並沒有那麼想從收視率獲得肯定：「不敢說我不在意，但我盡量不去想那個部分。」他也說明JTBC新聞的概念：「會反映出過去主持廣播節目《視線集中》十三年來獲得的許多東西。」

他也親自為新聞結尾選曲：「與其說是完美主義，不如說是提出想法的人就必須負起責任。若要說有什麼是我的目標，成為一個為健康的公民社會發聲的新聞媒體，就是我的目標。」

當問到「JTBC的力量是否將足以與無線臺抗衡」，孫石熙認為未來的發展無法預測。回想起來，當時真的難以想像未來的發展會是如此。

當時，媒體界正流傳「孫石熙將角逐總統大位」的說法，因此那天，孫石熙給出最確切答覆的問題是：「絕對不會從政嗎？」

他說：「是的。」[15]

JTBC新聞的轉捩點——世越號船難

二〇一四年四月十六日，客輪世越號沉入海中，幾乎所有新聞媒體都安排記者前往珍島郡彭木港。然而對失蹤者的家屬而言，那些記者連蟲子都不如，因為他們「漠視真相，盡寫些扭曲、諂媚的報導，二次傷害了所有痛失子女、心焦如焚的家屬[16]」。

世越號船難，從一開始的新聞誤報就是一場災難。四月十六日上午約十一點，媒體便一致報導京畿道安山市檀園高中事故，中央災難安全對策本部（以下稱對策本部）表示，搭乘世越號的教師與二年級學生已全數獲救，卻是誤報；下午兩點，對策本部表示船上共四百七十七人，已救出三百六十八人，媒體又再次全數照抄，卻仍是誤報；下午三點，對策本部修正：非救出三百六十八人，是救出一百八十人，媒體開始批評，卻避談自身責任；下午四點，對策本部表示船上共四百五十九人，已救出一百六十四人。

實在不敢想像，失蹤者家屬看著新聞畫面上獲救人數從全員變成三百六十八人、到一百八十人、再到一百六十四人，會是什麼感受。

但媒體持續誤報。四月十七日，SBS報導：「海警表示，上午七點左右有專門業者展開供氧至世越號船體內部的作業。」YTN則報導：「今日中午十二點半左右開始嘗試注入氧氣，目前尚未成功。」

失蹤者家屬無不希望船內有人生還，因此也引頸期盼注入氧氣的作業。然而當天下午，海洋水產部卻表示供給氧氣的設備尚未送抵。也就是說，氧氣供給設備還沒出現時，媒體就開始報導氧氣供給作業已經展開。四月十八日上午，大多數媒體都報導「潛水員成功進入船內」，但對策本部修正為「失敗」後，媒體才又急忙更改新聞字幕。媒體如此欺騙所有焦急等待的失蹤者家屬，全國人民只求出現一個「可以相信」的新聞。

＊＊＊

JTBC如此報導了世越號船難：「今天（十六日）發生了一件難以置信的悲痛事件，全羅南道珍島郡海域有一艘客輪觸礁，四人死亡，兩百九十多人目前生死未卜。」

ＪＴＢＣ亦呈現出人們對媒體的不信任。四月十七日，失蹤者家屬金鍾烈在《九點新聞》直播訪談裡表示：「電視臺播出的畫面並不代表全部。不久前，八點三十分左右，我國最應具公營性質的一家電視臺播出照明彈照亮救援現場的畫面，但是今天，民間潛水員在缺乏照明彈的情況下待命，等了四十分鐘後才被允許使用照明彈。電視畫面與現場情況差很多。」他的指控顯示出媒體不只誤報，甚至扭曲事實。

而當ＪＴＢＣ報導災難新聞出現失誤時，也會立即自我修正。船難當天，主播朴鎮奎訪問剛從世越號中獲救的女學生時，告訴她「朋友已經身亡」，引來強烈撻伐。當晚，孫石熙於晚間新聞開場便先行道歉：「過去三十年來，我報導過各式各樣的災難新聞。我了解，災難新聞必須謹慎再三、基於事實，最重要的是以罹難者家屬為主。但今天下午的訪談裡，同仁言行失當，引發憤怒。我想我們不應有任何辯解，身為負責人與資深主播，沒能將我所學確實傳授給後輩，在此要深深向各位道歉。」

ＪＴＢＣ不斷質疑與批評政府當局的救援行動，也將失蹤者家屬的心聲傳達得最清楚。如朴槿惠於四月十七日前往船難現場慰問時，許多失蹤者家屬向她表達抗議與憤怒，唯有ＪＴＢＣ報導當時的場面，「朴總統進入現場進行對話的過程中，噓聲與叫罵聲四起，場面頗為混亂」；ＫＢＳ卻報導「朴總統逐一回答了鋪天蓋地的提問，並下令立即展開救援，家屬紛紛報以掌聲」；TV朝鮮甚至報導與稱讚「即使預料現場氣氛將相當緊繃，朴總統仍前去慰問家屬，十分了不起」。

四月二十一日，JTBC《九點新聞》開場後不久，一貫冷靜、沉著的主播孫石熙卻以不平穩的聲音開口：「我們原本打算隔幾天後再次與金鍾烈先生電話連線，並傾聽他的意見，但剛才新聞開始前，我得到消息，嗯……金鍾烈先生的女兒……遺體已經被發現……金先生目前無法進行電話連線，在此……向各位觀眾說明……接下來繼續播報新聞。」

無論有沒有孩子，想像父母的心情都會忍不住感到鼻酸。孫石熙的聲音顫抖而沙啞，甚至一度無法直視攝影機、只盯著桌上的新聞稿，真實呈現出世越號船難的其中一個剖面，絕非一時之間就能裝出來的反應。主播孫石熙一直都將情感隱藏起來，但那一刻，觀眾與罹難者家屬都感受到他內心的哀痛，新聞需求者不僅從新聞獲得共鳴，亦獲得些許慰藉。該新聞片段於YouTube已有近千萬觀看次數。或許，人們最想從新聞中獲得的是共鳴，其次才是事實。

世越號船難時，孫石熙曾在訪問一名認為船內不可能有人生存的造船學教授時，嘶啞的問：「您是說沒有辦法了嗎？您的推論也可能有誤吧？」聽到對方的悲觀性預測後，孫石熙一度在直播中沉默了好幾秒。

四月二十七日，孫石熙於彭木港現場訪問檀園高二學生李承賢的父親李浩鎮時，亦讓觀眾感受到錐心之痛。前一日，李浩鎮走向停駐於彭木港的JTBC轉播車，表明要見孫石熙。有失蹤者家屬主動接觸，對新聞媒體是很少見的。

李浩鎮對孫石熙說：「我都知道，孩子最後要嚥氣的那一刻，心中會想著『啊，我就要死了啊』，接著慢慢閉上眼，但我們這些父母卻什麼也幫不了，這一點讓我很悔恨，我一輩子都會悔恨，我真的好不甘心。……承賢啊，我親愛的孩子，爸爸還有好多事情想為你做，還有好多……。承賢啊，下輩子一定要幸福，記得要投胎啊。對不起。你會原諒爸爸的，對嗎？我的孩子……對不起。」那天我看著這段採訪，緊抱懷中只有十個月大的兒子，也不禁流下淚來。

後來，孫石熙與徐福賢記者再次見到李浩鎮。為了要求政府制定《世越號特別法》，李浩鎮與另一位罹難者家屬扛著一個高一百三十公分、重五公斤的十字架，於七月初展開一場徒步請命之旅。七月二十四日，JTBC新聞介紹了兩人的徒步行動，孫石熙也進行電話連線並為他們加油。隔天，孫石熙來到全羅南道木浦市玉岩洞的教堂，見到徒步中的兩人，並親自將黃絲帶別在十字架上。

當時，李浩鎮的女兒李雅凜亦一同踏上徒步請命之旅。李雅凜似乎非常疲憊，一直低著頭。孫石熙說：「李雅凜，讓我們看看妳吧！」強忍淚水的她便哭了。孫石熙安慰她：「好好哭過後，就別再哭囉！」

孫石熙報導過非常多次的災難新聞，但很顯然，世越號船難對他而言依舊是一起非常特殊的事件。他曾提到某次梅雨季裡不幸困在大水中等待救援的人，最終仍被沖走的新聞：「難道不該用這些來提高人民的生活品質嗎？確信自己能獲得國家、社會的保護……生活在這片土地上的我們是勇敢的，沒有人保護我們，所以我們只能自己變得勇敢。[17]」

成爲世越號議題的留守者

公營電視臺只傳達政府的立場，表示對策本部正全力進行救援，卻不播出失蹤者家屬向總統朴槿惠表達抗議的場面。同時期，JTBC《九點新聞》收視率開始節節攀升。四月二十八日，JTBC《九點新聞》幾乎全程於彭木港現場進行新聞播報，當天收視率有五・〇六％（韓國尼爾森付費收視戶基準），為JTBC開播以來最高收視率。JTBC不僅持續報導海警、海洋水產部、對策本部等政府單位在災難應對上的失敗，亦將焦點放在世越號翻覆原因、救難業者溫蒂妮海洋實業公司的問題、海警與民間潛水員間的矛盾、使用潛水鐘等議題。

從發生船難的二〇一四年春天起，經過夏、秋、冬三季，直到二〇一五年，JTBC《九點新聞》都持續與彭木港現場連線，展開一場長征。孫石熙正是為了做到「議題維持」，敦促社會大眾不可遺忘那些被要求留在原地而無辜受害的世越號犧牲者。JTBC期許自己成為世越號議題的留守者。

二〇一四年最後一天的《新聞室》，孫石熙於〈主播簡評〉引用了凱爾特人的祈禱文，向世越號遇難者的家屬致意：

願寒風永遠在你身後，
願暖陽照耀你的容顏。

將世越號船難視為尋常交通事故的人，或許會認為「議題維持」是作秀，只是為了刺激觀眾的情感。但在彭木港的新聞連線，為所有關注新聞的人留下深刻印象。「永遠不要遺忘，這是我能做到的事。」於是，為了不要遺忘，人們開始在光化門廣場上搭建世越號船難的紀念帳篷，並於包包繫上黃絲帶。

關於世越號的報導，孫石熙指出：「一般而言，一項議題在兩至三天、最多一個月後就會被淡化。JTBC晚間新聞探討世越號船難探討了兩百天，是因為我認為做到『議題設定』後，更重要的是『議題維持』。[18]」

網路雜誌《IZE》也談到JTBC的「議題維持」：「他們每天守在彭木港，沒有人可以保證他們將因此獲得新線索。然而，倘若沒有電視媒體發揮影響力去對抗眾人的遺忘，連最後一絲希望都會不見。他們的努力正如最微小的氣穴（air pocket）般，使人們對真相的尋求，永不溺水而亡。[19]」他認為JTBC為的不是政權、不是金權、不是名望，而是追求真相。JTBC對世越號船難的長期報導甚至榮獲二〇一四年十一月第十七屆國際特赦組織媒體獎（Amnesty International Media Awards）特別獎。

＊＊＊

世越號船難失蹤者家屬聚集的珍島體育館內有兩臺大型電視，每天晚間九點都固定在JTBC頻道，記者於當地見到的失蹤者家屬也大多收看JTBC新聞。船難受害者所信賴的新聞頻道不是國家指定的災害事故主管頻道KBS、而是民營頻道JTBC，這一點具有很大的意義。沒能確實傳達出失蹤者家屬心聲的電視臺都被冷落，家屬只願將因船難逝世的子女拍攝的手機影片提供給JTBC。

發生世越號船難後，JTBC晚間新聞收視率上升了兩至三倍，但更重要的是記者群的醒悟。當時，一名JTBC記者表示：「比起收視率上升，成為失蹤者家屬信賴與收看的新聞媒體才是最好的讚美與鼓舞，我感到很欣慰。」對記者而言，沒有什麼比現場受訪者對自己的歡迎及對自家新聞的肯定更能帶來力量。「孫社長從未給過採訪方針，皆由記者自行思考與判斷。經過世越號船難的報導後，JTBC新聞的報導方向似乎就此確立了下來。」

事實上，JTBC報導局也因為世越號船難的報導而變得團結。那時，我曾與一名《中央日報》主管吃飯，問起報社內部對孫石熙的看法。他表示，孫石熙「無法被撼動」，已處於無人能夠干涉的地位。據說在某次非公開場合上，有人指出若JTBC過於左傾，《中央日報》社論就必須想辦法平衡論調。但JTBC收視率與知名度的上升全都超乎預期，洪錫炫與其他人也無法再干涉孫石熙。

一項二〇一四年五月的電視臺信賴度調查顯示，二十七・九%的受訪者最信賴JTBC。此為JTBC首度超越KBS、MBC、SBS，並榮獲第一名，當時孫石熙進入JTBC不過一年。世越號船難前的四月民調結果，JTBC信賴度為十一・七%；船難報導後，信賴度翻漲近三倍。KBS原本於四月民調中以信賴度二十九・七%獲得第一名，船難後卻下降至二十・六%，甚至再降到九・一%。MBC則為十・五%[20]。

有人說，一個人的領袖魅力並無法改變組織，關鍵在於整個組織的結構。我同意這句話，但從孫石熙的案例可知，有時候，領袖魅力也能改變組織、撼動結構。

＊＊＊

自從JTBC新聞獲得好評、公營電視臺被批淪為政府宣傳工具後，反對有線綜合臺的主張也漸漸站不住腳。時任媒體改革公民聯盟祕書長（現任正義黨國會議員）的秋惠仙認為：「『有線電視臺自始無效』的主張，如今已經脫離現實且缺乏實效了。孫石熙努力打破慣例的作為，應獲得相應的評價。」

但當時的政府如坐針氈。放通委決議對JTBC祭出行政處分「懲戒相關人士（扣四分）」，因為JTBC採訪了主張應於世越號救援行動裡使用潛水鐘的阿爾法潛水技術公社代表李宗仁，放通委認為此舉有失客觀且提供不正確資訊。然而，放通委對其他電視臺「檀園高中學生全數獲救」的錯誤報導，只作出「勸告」的行政處分，引發譁然。

於是，世越號船難掀起社會大眾對新聞媒體的極度不信任，並漸漸轉變為對孫石熙的強烈信任。

出現在JTBC晚間新聞的KBS工會理事長

在我尚且不長的記者生涯中，若要選出其中最接近謊言的時刻，那必定是二〇一四年五月九日。那天，KBS報導局長金時坤主動召開記者會，強烈反駁《傳媒今日》的報導〈金時坤將世越號船難比為交通事故〉，各大媒體也都轉述了該篇報導，且等著看KBS會怎麼應對。我身處記者會現場，預測他將追究《傳媒今日》的民、刑事責任。

金時坤從西裝內側拿出事先準備的講稿：「KBS社長吉桓永缺乏媒體認知與價值觀，唯政權是從，不斷插手與侵害報導局獨立性，應該立刻主動辭職。」我頓時懷疑自己的耳朵，以為聽錯了，那一刻多麼不真實，其他記者也都有同感。

金時坤結束發言後，《朝鮮日報》記者的第一個提問便是：「會針對《傳媒今日》的報導採取何種法律手段？」記者會後，我與《京鄉新聞》、《打破新聞》的記者互相確認聽見的內容，才發覺事有蹊蹺。這天的「內部揭露」後來引發了

KBS兩大工會#的罷工，以及社長吉桓永的下臺。

除了JTBC，沒有一家電視臺報導KBS報導局長的「良心宣言」。JTBC於晚間新聞報導了金時坤的記者會，他也接受錄音訪問：「與吉桓永社長持有相同媒體價值觀的人，都不應該擔任公營電視臺社長。（吉桓永）平日不停管控報導論調，還下令不要將尹昶重（性騷擾）##的新聞放頭條。吉桓永社長只遵從總統的意思。」KBS報導局長出現在同時段競爭的JTBC晚間新聞，可說是前所未有的場面。

還有另一件同樣值得在韓國新聞史上留下紀錄的事件。二〇一四年五月二十一日，KBS兩大工會正在進行罷工表決投票，JTBC邀請了KBS新工會理事長權五勳接受專訪。KBS員工要求社長吉桓永辭職，為世越號船難時的「新聞災難」負責，這又是一個不尋常的發展。一位準備發起罷工的電視臺工會理事長出現在友臺的直播新聞節目，要求自家社長辭職，真是史無前例的時刻：

「各位世越號犧牲者家屬是否都曾批評政府沒盡到責任，在災難後所謂的黃金救援時間內，未全力進行救援工作？關於這一點，報導局長金時坤本人接到了青瓦臺的通知與電話，他們要求壓下批判海警的報導。由於我們沒遵照青瓦臺的要求，五月五日，吉桓永社長便親自來到報導局，命令我們照做……」

是什麼因素促成了這次訪問？當天訪談尾聲，孫石熙向權五勳說：「您踏出的

\# KBS現有兩個工會：KBS工會（第一工會）、全國媒體工會KBS分會（新工會）。工會於2009年分裂，新工會納入全國媒體公會旗下，並曾串連參與2012年的MBC罷工。第一工會雖成員數較多，但影響力已大幅衰退。

\## 青瓦臺前發言人，因性騷擾事件被撤職。

這一步很不容易，謝謝你。」正是因為孫石熙本人經歷過要求公正報導而決心辭職的過程，才促成了該次訪談。

某KBS工會成員看了JTBC的訪問後，表示：「等於是欠了孫石熙一個人情。」KBS原本正不斷的退步與屈從李明博、朴槿惠政府，但那年，他們成功迫使社長下臺，寫下勝利的一頁。

與《中央日報》的衝突——文昌克

二〇一四年六月，《中央日報》針對國務總理候選人、報社大前輩文昌克的報導，毫不意外的盡是美言：「文昌克一九七五年進入《中央日報》擔任記者，二〇一二年底退休，於報社度過三十七年歲月，著實是一位正統的媒體人。」報導形容他是一名「正直又公道的正統保守主義者」：「從文昌克的專欄可知，他相信自由民主主義、健全的自由市場經濟、穩固的國家安全政策、以原則為基礎的對北政策。」

後面還有更多稱讚：「文昌克重視與家人間的關係，即使記者職務繁忙，也從不缺席家庭聚會與活動。他不吝向位高權重的受訪者提出逆耳忠言，因此可望成為一位對朴槿惠總統直言相諫的好總理。」文章似乎也意識到文昌克的專欄曾被批過度為三星辯護，便強調「他九次（在專欄裡）呼籲三星負起社會責任」，甚至連次數都算出來了，顯得十分嚴謹。

於是，所有人開始關注JTBC的報導走向。有人預測，雖然JTBC對三星多少會提出批判，但對「同一屋簷下」出身的《中央日報》相關人士，應該無法大肆批評。

結果，《九點新聞》的論調恰與《中央日報》相反：「文昌克是具有高度保守派傾向的媒體人，有關財產與道德議題，其過去所寫的專欄引發不少爭議。文昌克曾經形容免費供餐制度使人『與排隊領取糧食配給的北韓人民沒兩樣』，並認為那是源自社會主義的構想；二〇〇九年五月，前總統盧武鉉逝世後，文昌克批評『他的死再次引起社會的矛盾與分裂』。」

同屬一家的兩間媒體的矛盾衝突備受新聞界矚目，孫石熙對《中央日報》出身人士的批判，也讓社會大眾更加信賴一直強調公正報導的JTBC。《中央日報》與JTBC因文昌克而展開的這場風暴，孫石熙似乎毫無退讓之意。

最後出乎意料的，KBS的報導給了文昌克最後一擊。社長吉桓永下臺後，KBS便擺脫了束縛，於六月十一日晚間新聞指出，文昌克曾在教會裡說「韓國經歷日本殖民統治，是上帝的旨意」。

我猜想，當時洪錫炫應該十分樂見《中央日報》與JTBC檯面上的衝突。相較於《朝鮮日報》與TV朝鮮，以及《東亞日報》和Channel A兩大傳媒集團，報社和電視臺都只呈現單一論調，《中央日報》與JTBC的對立論調顯得格外突出，也展現出洪錫炫的珍貴之處。

《中央日報》曾於一九九七年總統大選時，因公開支持大國家黨候選人李會昌而引來撻伐，並在金大中執政時期遭受稅務調查，社長洪錫炫一度被拘留。不知洪錫炫是否從此引以為戒？正如鳥有左、右翼方能展翅飛翔，現在的洪錫炫也因為擁有JTBC與《中央日報》這兩個分屬進步派與保守派的媒體，而維持了絕妙的平衡。

獲宋建鎬新聞獎

二〇一四年十二月十六日，孫石熙榮獲宋建鎬新聞獎，這也代表進步派媒體運動陣營正式認可孫石熙的《新聞室》。宋建鎬新聞獎評審委員會表示：「新聞工作者孫石熙不僅受到大眾歡迎，也被認為是值得信賴的媒體人。他過去三十年來嚴以律己、謹慎處世，獲得今日的成果。宋建鎬先生畢生堅守媒體人的正道，我們在得獎人身上也看到了相同的精神。」

孫石熙之所以獲獎，世越號船難的相關報導是關鍵因素，之後他也將獲得的一千萬獎金分給JTBC的後輩們。而他以沉穩聲調發表的得獎感言，更獲得臺下如雷的掌聲：

一九七四、七五年發生『東亞日報廣告開天窗事件』時，我只是一名學生，但參與了市民捐款聲援的行動，至今依然記得那時的緊張感。當時有一個人的名字深深烙印在所有人的腦海中，就是媒體人宋建鎬先生。四十年後的今天，我國新聞媒體雖有所發展，卻仍在原地踏步。

二〇一四年，世越號船難後的復原過程裡，社會大眾間產生的矛盾是更大的悲劇。在這個最關乎人道主義的事件裡，社會分裂成兩極，政治圈與新聞媒體卻只追求自己的利益，甚至疑似利用、助長了社會矛盾。『極端主義的興起會帶來利益』，這是非常原始的競爭法則，我們的社會依然被這種法則牽著鼻子走。

媒體不只要傳承宋建鎬先生的勇氣，保護新聞報導不受政權擺布，也要守護新聞原有的價值，不被扭曲的市場法則影響。我們希望在該發揮勇氣的時候就發揮，並且永遠不助長極端主義來謀取利益。

新聞人宋建鎬於七〇年代擔任《東亞日報》總編時，曾多次因違抗政府命令而被情報機關抓走。他面臨廣告被撤下等打壓媒體的手段，仍堅拒解僱那些參與發表〈實踐新聞自由宣言〉#的《東亞日報》記者。他於一九七五年辭去總編職位後，開始寫作、參與民間活動，成為守護言論自由運動的重要人物，並在《韓民族日報》創刊後擔任社長。

一九九九年，宋建鎬被韓國記者協會選為二十世紀最偉大新聞工作者。同樣地，孫石熙也是承擔了無數的擔憂與質疑、勇於冒險，才獲得今日的成果，他心中

\# 1974年10月24日，《東亞日報》記者、製作人、電臺主播等超過180人發表〈實踐新聞自由宣言〉。遭政府嚴重打壓、妨礙其求職與轉職。隔年，《東亞日報》、《朝鮮日報》記者共有145人遭到解僱。

的感觸想必非常深刻。

＊＊＊

二〇一四年《時事週刊》「媒體人影響力調查」，孫石熙獲得六成得票率，讓第二名的《朝鮮日報》社長方相勳（四．四％）顏面盡失。此外，孫石熙也榮獲入口網站Daum「二〇一四年人物搜尋排行榜」第一名。同年《時事IN》的民調，JTBC《九點新聞》也與KBS《九點新聞》共同登上「信賴的新聞節目」第一名，皆獲得十三．九％得票率。

網路雜誌評論：「這位有能力將原則落實到體制內的領導者，成功提升了新聞的競爭力。接下來，他也會讓其他員工變成新聞界的重要角色，讓社會大眾看見什麼是完成度高的新聞，並感受到新聞的力量。」[21]

二〇一四年，可說是孫石熙幫助新聞界最多的一年。

JTBC《新聞室》

孫石熙雖因世越號船難的相關報導受到更多關注，但他的處境依然險峻。三十年前他曾表示，節目的成敗取決於「對於媒體該朝著哪個方向發展，必須方向一致；其次是願意分享由此衍生的問題意識；最後是要能理解彼此的行為[22]」。但根據當時媒體界傳聞，《中央日報》出身的JTBC管理階層雖服從孫石熙的要求，卻又與他保持距離。

某電視臺人士透露：「雖然JTBC聘請孫石熙作為招牌，但孫石熙真要做點什麼時，很多主管一開始都不願配合。」據說，孫石熙曾經針對幾個JTBC報導而強烈批評一些主管：「要弄得這麼不像樣嗎？」

最關鍵的問題在於，對比晚間新聞時長，記者人力明顯不足，JTBC報導局的規模只有無線臺的三分之一，增加記者人力、提升素質都需要時間。因此，當時主播臺下的孫石熙其實正經歷一番苦戰。世越號船難後，新聞需求者對JTBC

抱持更大期待，孫石熙也背負更多壓力。

孫石熙擔任《九點新聞》主播滿一年後，節目從二〇一四年九月二十二日起改版為《新聞室》，這是孫石熙想呈現的晚間新聞節目終極版，增長為一百分鐘，分第一節與第二節。由於時長增加，孫石熙之於節目的重要性也提高了。

JTBC表示：「希望藉由拉長節目時間，確實呈現更深入的新聞，並納入過往為了提升議題集中度而犧牲掉的多元報導。」MBC麗水分社記者出身、曾積極參與一百七十天罷工#的韓允智曾擔任《新聞室》副主播，使JTBC晚間新聞一度上演由兩名MBC出身人士負責主持的經典畫面。

＊＊＊

二〇一四年十一月，《新聞室》開播不久，我第一次見到孫石熙本人。當時，他辦公的報導總括社長室位於西小門《中央日報》總部一樓，且坐落在所有記者不斷進出的報導局內。

孫石熙向我談起進步派媒體對JTBC的報導：「我曾為了作出好新聞而參與社會運動，但從沒為了進行社會運動而製造新聞。」那天的會面，他花了許多時間批評進步派媒體，甚至包含《傳媒今日》。由此可見，孫石熙對有關自己與

罷工主要訴求為反對政府箝制新聞自由、政府任命人士辭職，及代表理事金在哲下臺。

JTBC的報導非常敏感。

六個月後的二〇一五年四月，我第二次見到孫石熙。

「最近媒體界的環境實在很不好。」他說。

那天，入口網站的即時關鍵字排行榜裡出現「孫石熙」與「波米姐姐#」，孫石熙成為網路濫用的受害者。那天，他一樣花了大部分時間在批評媒體界，看起來雖然有些孤單，但並不憔悴；工作雖然忙碌，但仍樂在其中。

從業至今，我見過的媒體公司王牌人物都有一個共通點。對他們而言，「媒體人」不只是一份職業，他們更像是為了打造出偉大的建築、每天依照自己的計畫一點一滴付出、樂在其中的建築匠人。在我眼中的孫石熙也是那樣的人物，而《新聞室》，就是他為了打造出夢想建築的最終藍圖。

\# MBC兒童節目《POPOPO》的經典角色。當時有網友提及孫石熙的妻子曾擔任波米姐姐，成為網路話題，引來媒體報導。

事實查核，孫石熙新聞學的象徵

《新聞室》的招牌單元為〈主播簡評〉與〈事實查核〉。〈主播簡評〉的性質介於社論與專欄，是孫石熙新聞學的品牌之一；一週播四天的〈事實查核〉則是他臺新聞節目裡不曾出現過、有別於〈跟拍攝影機〉等小單元的嶄新內容。

〈事實查核〉是如何產生的？我請教了JTBC記者金弼奎，他是主持過該單元的重要人物，更於二〇一六年赴美進修「事實查核」課程。金弼奎說：「孫社長剛來JTBC時，就已從報導局的角度構思了很多個單元，〈事實查核〉是其中一個。孫社長親自下令，等《新聞室》開播後，〈事實查核〉必須是每天的固定單元之一。他應該是認為，既然節目的第二節要以深入報導為主，〈事實查核〉的形式正好符合。」

《新聞室》開播前，金弼奎原本是《五點政治組會議》的節目總製作人。其他電視臺的日間時事評論節目通常會邀請律師或教授擔任嘉賓，但該節目形式有所不同，是由ＪＴＢＣ報導局政治組長與幾名記者親自上陣、討論政事。

二〇一四年八月底，金弼奎擔任該節目總製作人約五個月，孫石熙對他說：「九月新聞改版時，要加入一個新單元〈事實查核〉，我和其他員工都認為你是最適合的主持人選，所以麻煩你開始籌備。」

金弼奎回顧當時：「他只有兩個要求：該單元每天都要進行、由我負責主持，其他細節全權交給我。後來我將企畫書呈給他，他沒提出什麼更改的要求，就核准了。」

於是，ＪＴＢＣ新聞的另一個招牌單元誕生了，不過主持人卻感受到相當大的壓力，因為裡面所提到的「事實」若與真正的事實有出入，幾乎是會掀起一場災難的。最終，金弼奎主持了三百四十六集之多，能有這樣的奇蹟，他認為都是拜企畫自主性所賜。

金弼奎表示：「主持〈事實查核〉期間，最讓我繃緊神經與壓力大的是『選題』。通常是由我先想好當天準備探討的幾個題目，再與孫社長討論決定。幾乎不曾是孫社長先選定議題後、下令我去調查，很少有這種要求。我之所以能夠主持〈事實查核〉如此累人的單元這麼久，這是原因之一。由於孫社長不會對我下這種命令，其他主管自然也不會要求我去探討某某議題。」

＊＊＊

二〇一五年十月一日，〈事實查核〉單元邁入第兩百集時，做了一項有趣的民意調查「請觀眾選出印象最深刻的〈事實查核〉議題」。第一名是檢驗新世界黨魁金武星認為「沒有工會每年舉著鐵管抗爭的話，國民所得早就超過三萬美元」的發言。

金武星說：「CNN連日報導韓國工會成員手持鐵管、毆打警察的畫面，還會有哪個國家願意來投資？」

但JTBC向CNN確認後表示：「自二〇〇九年七月的雙龍汽車工會暴力衝突事件後，CNN未再報導類似畫面。」JTBC也引述二〇一三年大韓貿易投資振興公社實施的民調結果：外企投資韓國時最擔憂的因素依序為事業難易度、政府管制與透明度、政治穩定度，第四個因素才是勞資關係。

另外，第二名議題則是檢驗金武星認為「希臘人因為社會福利制度太好而變得懶散，必然導致貪汙腐敗、國家財政一塌糊塗」的說法，並反駁：希臘人事實上並不懶惰，希臘也非社會福利優渥的國家。

「入口網站新聞出現偏頗的爭議，屬實與否？」也受到觀眾好評，榮登第三名。當時，新世界黨的汝矣島政策研究院以一份內容不實的入口網站報告書為依據，單方面主張並煽動有關新聞偏頗性的爭議，但JTBC詳細指出其中的盲點。

政府統計「上班族平均月薪兩百六十四萬韓元」的事實查核，也引起觀眾矚目。JTBC以「矮人隊列（Pen's Parade）理論」檢驗，並指出所得中位數為一百九十一萬韓元，且政府統計資料是以年末精算（報稅）的上班族為根據，若納入非正職勞動者所得，則韓國人的平均月薪應該更低。在習慣聽命行事的媒體界，〈事實查核〉的做法突顯出媒體本應確實去做的工作，就是「檢驗事實」，因而廣受好評。

〈事實查核〉等於進行了「新聞複驗」，可歸類在新聞評論的領域。據了解，八成的議題都是當天發想與進行調查的，而且議題必須切合時事、貼近生活。但金弼奎表示：「剛開始企畫時，我很懷疑這個單元能否撐過一個月，因為『檢驗事實』的概念本身充滿了爭議性與危險性。」孫石熙不僅要播報晚間新聞，也挑戰在節目裡放入新聞評論。金弼奎說：「在JTBC之前，韓國新聞界已有過『事實查核』形式的報導，但《新聞室》的〈事實查核〉將之大眾化，在充斥假新聞的現代媒體環境裡，凸顯出『事實查核』的必要性。」

成完鍾錄音檔引發的報導爭議

《新聞室》的信賴度與影響力上升的同時，也引發過新聞倫理的強烈爭議。二〇一五年四月十五日，《新聞室》播出新世界黨前國會議員成完鍾#接受《京鄉新聞》記者採訪、生前最後一次的訪談錄音檔。

孫石熙說明報導目的：「我們重視觀眾知的權利。除了既有的訪談，更希望完整呈現整體脈絡，讓各位能夠判斷他要表達的意思以及含義。」並在節目中明言《京鄉新聞》將於十六日刊出報導，卻比《京鄉新聞》早了八小時，先行公開已交給檢方的錄音檔，受到媒體界批評。

《京鄉新聞》抨擊：「JTBC未經同意便擅自播出我社記者的採訪錄音檔，無異於偷走其他新聞媒體的採訪日誌並報導出來，此舉明顯違反新聞倫理。」

即便JTBC的報導沒有法律問題，仍舊觸犯了媒體界倫理。擁有法學博士學位的SBS記者沈錫兌指出：「錄音檔顯然等同於該名記者的採訪手冊，無論

成完鍾因捲入李明博時代的「資源外交」貪腐案，於2015年4月9日自縊身亡，留下一張疑似行賄紀錄的「成完鍾名單」，名單包括時任總理李完九、青瓦臺連三任祕書室長、知事、市長等。

JTBC怎麼解釋，其實都只是因為它是電視頻道，想要展現出錄音訪談的臨場感。透過第三方取得他人的採訪錄音檔後，不顧當事人反對便逕行播出，屬於竊盜行為。」

《時事IN》總編高濟奎認為：「二〇一四年，JTBC因為接連報導世越號罹難者家屬給他們的罹難前影片，讓世越號船難報導獲得韓國記者獎大獎。若換位思考，假設罹難者家屬交給孫石熙的那些影片被某人偷偷傳給MBC或KBS，而MBC或KBS也主張觀眾知的權利、不顧家屬反對便先行播出呢？孫石熙想必會嚴厲譴責那種行為非媒體之正道吧。」

《京鄉新聞》記者朴恩夏批評：「JTBC獨家公開世越號學生的手機影片時，孫石熙表示是為了觀眾知的權利、照顧家屬感受。但這次，即使成完鍾的家屬哭著懇求不要播出，JTBC報導局依然主張是現場直播新聞而斷然拒絕。『觀眾獲知權』應該用於對抗阻礙報導與採訪的公權力，而不是拿來將自家所有報導正當化。」

JTBC報導局內部也有人批評當時的報導，但有人質疑《京鄉新聞》可能誇大了有關成完鍾家屬的部分，因為其家屬從未如《京鄉新聞》所述地哭著懇求。再加上日後JTBC獨家報導前聯合國祕書長潘基文的姪子疑似收賄時，也受到成完鍾家屬的幫助，因此認為對JTBC的指控含有誇大的成分。

針對JTBC未經家屬與《京鄉新聞》同意便擅自播出錄音檔的指控，孫石熙於十六日《新聞室》尾聲表示：「因為錄音檔已經交給檢方，我們認為那屬於公共檔案。音檔所傳達出的氛圍必定不同，我們相信那樣的臨場感能讓觀眾不只觸碰到事實，也觸碰到真實。只是，有人質疑我們是在搶快報導。我們知道，有時候光憑『媒體特性』的理由並無法獲得諒解，我們會虛心接受，承擔外界對這部分的批評。我與我們所有的記者雖然無法達到完美，但會努力保持原有的真誠，並且盡全力做到最好。」

《京鄉新聞》記者則發表共同聲明：「JTBC報導具有正當性的前提，必須為『我社刻意隱匿錄音檔』或『拒絕報導訪談內容』。JTBC嚴重違反新聞倫理，卻聲稱是為了觀眾獲知權與公共利益而為之，從未道歉，我們不禁想問：這是JTBC全體員工的共識嗎？」

事實上，媒體界也有批評JTBC過於強調「獨家報導」的聲音。例如二〇一五年八月，CBS與JTBC都主張自己獨家報導化妝品工廠勞工被堆高機輾斃的事件。也有國會議員助理指出，JTBC是接受議員協助而取得獨家，卻未指明消息來源，缺乏商業道德。

JTBC在世越號船難滿一周年時，卻因爭議不斷，經歷了慘痛教訓。

以嫌疑人身分站上Photo Line#

報導成完鍾錄音檔的爭議後，另一件困擾孫石熙的當屬盜用三大無線臺出口民調的爭議。三大無線臺認為JTBC擅自盜用二〇一四年六月的地方選舉出口民調結果，採取了法律行動。三大無線臺主張，他們花費二十四億韓元實施出口民調，JTBC卻在無線臺公布民調結果前就先行取得並盜用。

代表三大無線臺發言的韓國放送協會表示：「以往都是三大無線臺公布出口民調結果的五到十分鐘後，其他電視臺才開始報導同一結果。這次JTBC卻比KBS與SBS更早報出來。若不針對此次事件提出異議，相同情況將再次發生。」

此事具有充分的起訴理由。但二〇一五年六月十二日，突然出現「警方傳喚孫石熙」的新聞，「嫌疑人孫石熙」成為熱門關鍵字。據媒體報導，當天首爾地方警察廳二度傳喚孫石熙，但孫石熙表明無法到場，他將調整日程並於十九日接受調

Photo Line是韓國媒體約定俗成的採訪警戒線，是於地面以黃色膠帶貼出一塊三角形區域，接受檢警調查的人物可站定其上接受採訪與拍照，目的是維護現場秩序，但也存有侵害人權、未審先判與大眾獲知權和採訪便利性之爭議。

查。此事件中，新聞負責人孫石熙不可能迴避其道義責任，但是，我們有必要將警方傳喚與擅自盜用出口民調兩者分別視之。

當時，警方堅決且多次要求新聞負責人孫石熙到場，甚至向記者透露孫石熙已經決定接受調查。「嫌疑人孫石熙」的說法顯然是為了讓韓國最有影響力的媒體人顏面盡失，牽制JTBC。一旦孫石熙接受傳喚，便會站上警察廳前的Photo Line，被冠上犯人的形象，進而削弱孫石熙與JTBC的信賴度；假使孫石熙不接受傳喚，也會引來許多推測報導及「孫石熙無視公權力」等說法。這是一個陷阱。

JTBC高層表示：「過去六個月來，相關人員都很配合調查。但警方非得要求孫社長到場，顯然另有意圖。」

全國媒體工會理事長金煥均也指出：「令人懷疑的是，此案是否真的需要孫石熙到場接受調查？這場調查難道不是在針對廣受人民信賴的媒體人孫石熙嗎？」回想起來，當時的傳喚很可能隱含青瓦臺的指使，因為朴槿惠不斷想要將眼中釘孫石熙拖下主播臺。

出口民調的爭議其實是為了讓孫石熙丟臉。自從孫石熙成為報導總括社長後，三大無線臺的新聞框架主導權便漸漸被JTBC搶走。KBS報導局長金時坤爆料社長吉桓永「唯總統朴槿惠之命是從」，且介入報導一事也是透過JTBC而傳遍全國，對親政權的KBS管理階層而言，想必是一記無法抹滅的恥辱。

孫石熙上任後，JTBC也持續報導MBC工會勝訴的消息：「首爾高等法院駁回MBC資方主張前工會理事長鄭泳夏等十六名工會成員，須賠償二〇一二年罷工事件所損失一百九十五億韓元的上訴，站在工會這一方。」這項報導當天未見於三大無線臺的新聞，可想而知，孫石熙也是MBC資方的眼中釘。

對觀眾而言，孫石熙與JTBC新聞是用來判斷無線臺將哪些議題誇大、縮小、扭曲的評判標準，並看見各家媒體的陰暗面。由於電視臺競爭者想要盡可能打擊孫石熙，朴槿惠政府則認為，必須在沒有大型選舉的二〇一五年打擊孫石熙，才能削弱JTBC新聞可能影響二〇一六年國會選舉的力道，因而聯手促成孫石熙被傳喚。KBS與MBC當然皆於晚間新聞時間，報導了警方傳喚孫石熙的消息。

二〇一五年六月十六日，孫石熙主動到場，他於上午八點四十分抵達首爾地方警察廳國際犯罪偵查隊，接受九個小時多的偵訊，不斷被問相同的問題，偵訊於下午六點結束。他站到Photo Line接受採訪時，記者問「是否承認擅自盜用」，他嚴正否認後便上車離開。看著現場連線的我不禁笑了出來，這個讓無線臺高層苦苦等待的一幕，最後竟變得像齣喜劇。

首爾地方警察廳向檢方遞交起訴意見書後，檢方於二〇一六年三月九日傳喚嫌疑人孫石熙到場，這是孫石熙繼警方調查後第二度被傳喚。三大無線臺身為此案當事者，當天都報導了相關消息，其中又屬KBS最積極。KBS《九點新聞》報導：「警方結論指出，JTBC員工集體盜用他家媒體出口民調一案，亦包含社長孫石熙的具體指示。」將孫石熙描述成一名組織性參與犯罪過程的人物。

隔天三月十日，KBS新工會發表一份出人意料的聲明指出，突然有五、六名記者組成專案小組，要針對「搶走我臺製作人」的JTBC與會長洪錫炫#。聲明大嘆：「這就是資方認為的新聞嗎？專案小組若實際提出相關報導，下場將很清楚，『公營電視臺私有化』、『報復性報導』等各種批評將撲天而來。」可見KBS工會對JTBC的情誼。

倘若JTBC真的擅自盜用無線臺出口民調並獲得不當利益，自然要負起相關民、刑事責任，此事我無意為JTBC辯護。但如果KBS會以「人才被挖角」為由就下令組成新聞專案小組以行報復，不免要質疑KBS對孫石熙的一連串報導背後的意圖，這也是KBS的報導行為不應與JTBC的法律責任綁在一起論述、批判的原因。

* * *

《時事IN》二〇一五年的媒體信賴度調查結果，有十五·三%的受訪者將JTBC《新聞室》選為最信賴的新聞節目，使其榮登第一名。KBS《九點新

當時有媒體爆料，KBS電視劇《太陽的後裔》的製作人咸英勳與現場導演李應福、白尚勳將辭職，是遭到有線電視臺挖角。

聞》以十四・七%得票率位列第二，MBC《新聞平臺》則以五%得票率居於第三。退至第二名的KBS若因此認為必須報復，是否太過分了？

MBC內部氣氛也與KBS相去不遠。二〇一七年三月二十三日，世越號終於在事發一千零七十三天後被打撈出水面。MBC從清晨便出動直升機空拍、同步轉播，迅速為觀眾送上清楚的世越號打撈過程，並將空拍畫面售予他臺，卻獨漏JTBC。

當天下午，MBC將直升機空拍畫面售予缺乏直升機的其他電視臺，標註「畫面來源：MBC」的版本為五百萬韓元，不標註的版本為三千萬韓元。TV朝鮮人員表示，他們決定花五百萬韓元購入標有畫面來源的版本。相反地，JTBC表示願意以三千萬韓元購入不標註來源的版本，MBC卻回覆「不會將影片賣給JTBC」。

一位JTBC人士透露：「就我所知，MBC業務部已經點頭了，但高層突然說不賣，說我們是競爭對手。只將我們排除在外，這可能已經違反公平交易法。」

另一位人士也表示：「我們合法正當地拿錢出來購買，他們還不願意賣出影片，實在令人難以理解。」JTBC始終未能成功買到該段空拍畫面。

深入探究的脈絡新聞學

JTBC與孫石熙結盟兩年，便獲選為最受信賴的晚間新聞節目，探究其背後原因，我們必須將焦點放在孫石熙所建構的脈絡新聞學。

脈絡新聞學經常被拿來與客觀新聞學比較。在人們隨時可利用智慧型手機在網路上獲取新聞的時代，脈絡新聞學能對閱聽眾發揮顯著影響力。以客觀新聞學為本、既有的百貨商品陳列式那一分三十秒的焦點新聞，大部分是白天已經出現過的消息，脈絡新聞學則是意在檢驗事實、為其賦予意義，讓新聞恢復應有的生氣。

孫石熙打造的《新聞室》更進一步探究為何要在當下報導某新聞議題，以及該議題對大眾造成何種影響、哪些人將因此得利等。為了進行深度報導，節目時長必須增加，因此節目改版後，不僅改善了新聞選題與集中度，也增添了故事的脈絡感。

不同於強調中立並盡可能排除報導者個人觀點的客觀新聞學，脈絡新聞學允許呈現出報導者的主觀想法，但前提是報導者與媒體本身具備可信度，否則易有偏頗報導之嫌。因此在編排上，《新聞室》比任何新聞節目都更需要擁有一位「廣受信賴的媒體人」，最適合的人選正是孫石熙。

《新聞室》呈現出最直接與真誠的報導態度。例如，記者站在一群新世界黨國會議員前批評該黨，進行現場連線；又或者主播針對某新聞事件向記者不斷深入追問。因為JTBC明白，如今觀眾更重視新聞媒體對新聞的態度。

世越號船難發生當月，孫石熙決定親自前往彭木港並現場主持，也要求記者徐福賢、金官長駐當地數月，在在展現出JTBC對新聞的真誠。此外，JTBC設立的Facebook專頁「社群故事（Jtbcstandbyyou）」也刻畫了孫石熙與記者群較為感性與人情味的一面。於是，愈來愈多人在挑選新聞媒體時選擇信任與收看JTBC，這樣的信任正來自於交流，也促使其脈絡新聞學維持良性循環。

相較他臺新聞，《新聞室》更積極培養記者的個人品牌。以擔任過〈事實查核〉單元主持人的金弼奎為首，徐福賢、沈秀美等記者皆從現場連線、與主播孫石熙來回對話的經驗獲得成長。這樣的發展類似BBC等傳統公營電視臺建立高信賴度的過程，只要觀眾看見某位記者出現在新聞畫面中，心中就會產生一股信賴感。雖是新聞節目，卻也有某種「記者秀」的性質。當我們收看新聞時說出「哇，是徐福賢！」、「是金弼奎耶！」，便代表觀眾更能夠與新聞產生共鳴。

根據我的觀察，三大無線臺中就屬SBS對JTBC的內部事務最好奇。

SBS記者比KBS與MBC的記者更會對JTBC的報導抱持嘲諷態度，卻也最積極向JTBC學習。SBS記者林燦鍾就曾在Facebook個人頁面上寫道：「JTBC《新聞室》塑造其特色的主要關鍵在勇於抵抗既有權力的態度。但其中的都會氣息——例如竟以酷玩樂團的歌作為節目尾聲的背景音樂——也很具重要性。可能會聽酷玩樂團、居住於首都圈、政治傾向稍偏進步派的三、四十代，就是JTBC《新聞室》希望掌握的核心觀眾。就像沒有特色的藝人不易在演藝圈生存一樣，缺乏態度的新聞節目也難以獲得觀眾青睞。如今，唯有展現出與眾不同的特色、令人產生好感、具有態度的新聞節目，才有機會受到觀眾喜愛。現在的新聞工作者所處的並非華特克朗凱的時代，而是劉在錫的時代。」

近年來，新聞學領域出現新興觀點「交流」。有人認為，除了新聞議題的細節與脈絡，能觸發共鳴的「交流者動機」，更有助於提升新聞品質及觀眾對新聞的關注度。亦有人建議，公正性與客觀性雖然都是很重要的價值，但概念模糊，為了展現出新聞的特點，不如將共鳴等感性的概念納為新聞學的原則之一。

慶北大學新聞傳播學系南載日教授認為，JTBC新聞不是既有的客觀主義式新聞，而是會直接參與事件的新聞，「不單呈現事實，更要追求真相，並負起實現社會正義的媒體責任」，似乎就是整個公司的目標。JTBC的脈絡新聞學，正是因此擄獲了許多觀眾的心。

從睽違四十三年的冗長辯論#，看新聞媒體的姿態

「為了弱勢，我選擇站出來。非正職勞工、身心障礙者、相對脆弱的老弱婦孺。事實上，這些族群最容易遭受他人壓迫。不讓其中任何一個人的人權與自由受到侵害，就是我站在這裡的理由。」

二〇一六年二月二十四日，身穿藍色西裝外套的共同民主黨國會議員殷秀美為了反對《反恐法》制定，於議事臺發表演說足足十小時十八分鐘##。人們不僅對於這漫長的發言感到驚訝，也深深記得在野黨所展現的議會民主。當時，新聞媒體如何報導這件自朴正熙獨裁政權後時隔四十三年，再次出現的冗長辯論阻撓議事事件？

KBS的立場偏向執政黨，強調國會議長依法有權直接將法案排入議程中；MBC與SBS則維持機械式的中立，使人難以了解事件背後的意義。

KBS《九點新聞》相當程度地轉述了國會議長的發言：「國會議長鄭義和指

\# 冗長辯論（filibuster），在議會中居於劣勢的議員，無力否決特定法案、人事或為達特定政治目的時，在取得發言權後以馬拉松式演說，達到癱瘓議事、阻撓投票，逼使人數優勢方作出讓步的議事策略。

\## 2016年，南韓國會審議《反恐法》，允許情治機關監控私人通訊及網路言論，遭國會最大反對黨共同民主黨反對，因而展開冗長辯論阻擋法案表決。殷秀美從2月24日週三凌晨2點開始發言，直到中午12點48分才結束。

出，伊斯蘭國等國際恐怖組織及北韓近期的挑釁行為，使國民深陷於危險之中，符合議長直接提案的要件『國家進入緊急狀態』，因此將《反恐法》直接排入議程。」

關於《反恐法》的內容，KBS說明：「調查與蒐集恐怖主義情報的權限在於國家情報院，新設置的國家反恐委員會則負責審議與制定反恐政策，其轄下的人權保護官將致力於防範人權受到侵害。」KBS只報導了執政黨的立場，並未具體提及在野黨與公民團體反對該法案的原因。

同一天的JTBC《新聞室》則實況轉播共同民主黨國會議員的冗長辯論，並提及美國總統歐巴馬所推動的健保改革法案，也曾遭共和黨議員發動冗長辯論超過二十一小時的案例，強調：「冗長辯論雖是刻意阻撓議事，但屬法律範圍內的合法行為。《反恐法》的重點為成立『國家反恐中心』。新世界黨認為該機構應設在國家情報院轄下，共同民主黨則主張應設在國民安全處轄下，因而發生衝突。發生激烈對立後，新世界黨於昨日提議，改將該機構設在國務總理室轄下，國家情報院則有權進行金融帳戶調查、通訊監察等恐怖主義情報蒐集工作，以及調查與追捕恐怖主義危險人物。但共同民主黨認為，若賦予國家情報院蒐集此類情報的權限，可能導致濫用權力與侵害人權，因此持續予以反對。」

冗長辯論終於在二〇一六年三月二日結束#，當天KBS《九點新聞》報導標

此冗長辯論共橫跨9日，動員38名議員，累計發言時數192小時27分鐘，創世界最長紀錄。

題為「冗長辯論帶來了什麼？」主播說：「由於辯論焦點只放在《反恐法》，其他法案都被推遲，特別是因國內外經濟惡化而受到高度關注的經濟活化相關法案，正面臨被作廢的可能。」若只收看KBS新聞，便會認為此世界最長紀錄的冗長辯論，只是阻礙經濟活化法案的推動。

相較於KBS藉冗長辯論一事來強調經濟活化法案的推動與國會先進化法案的修訂，並充分反映執政黨的立場，MBC將重點放在醜化發動冗長辯論的在野黨，增加人民對政治的不信任。

三月二日的MBC《新聞平臺》，以「世界最長的冗長辯論帶來的是？」報導播出在冗長辯論過程中，新世界黨國會首席代表趙源震與國會副議長李錫玄陷入爭吵、共同民主黨議員姜琪正清唱〈獻給你的進行曲〉、共同民主黨議員安敏錫說「生理現象需緊急處理，若能允許我去一下洗手間……」等片段。於是，公營電視臺所報導的冗長辯論，不過是議員動不動就吵架、唱歌、請求去上廁所的一齣政治鬧劇。

JTBC的報導卻不同。同一天的《新聞室》〈主播簡評〉，孫石熙提到近期出現的新流行語「My國會Television[#]」：「『My國會Television』指的是不久前暫告段落的在野黨冗長辯論，透過社群媒體與其他小型媒體進行實況轉播。小型媒體取代了一貫諷刺與貶低、充斥八卦新聞的多數現有媒體，使政治人物與選民之間能夠

名稱仿自韓國網路直播綜藝節目《My Little Television》。

進行雙向對話……『My國會Television』於焉誕生。」

關於《反恐法》最終仍通過，孫石熙說：「或許，這代表了執政黨的勝利，法案早晚會被通過，此事勝券在握。但何謂民主主義？這道根本問題的答案是我們要去思考的。」

最後，孫石熙特別強調「有責任感的媒體」，替這冗長辯論事件下了最後的註解，他引述某報紙專欄段落：「『如果一個社會能存在人民可以全然信任的媒體，人民愈有可能作出合理的選擇。』令人遺憾的是，這次事件終究由『My國會Television』扮演了那個值得信任的媒體角色。這一點，你我都應該謹記。」

冗長辯論被認為是足以彰顯民主的一種行動，看著KBS、MBC、JTBC各自作出不同見解，不免思索：究竟孰為「有責任感的媒體」？

JTBC用事實打臉：有線綜合臺也能公正

二〇一六年，人們再也不看公營電視臺，只要有JTBC便已足夠。

民主言論市民聯合團體分析二〇一六年四月十七日至二十七日共十一天，三大無線臺與四大有線綜合臺的晚間新聞，各自針對全國經濟人聯合會（簡稱全經聯）金援爹娘盟#疑雲的報導次數，三大無線臺分別為KBS一次、MBC一次、SBS三次。其中，KBS的報導只有十秒，幾乎等於避而不談，就像「沉睡中的狗」；反觀JTBC報導了四十九次，在「報導事實」方面明顯超越公營電視臺，像吠叫不已的「看門狗」。

關於報導數量的差異，民主言論市民聯合團體的事務處長金言慶表示：「爹娘盟金援疑雲並不是某人給予金援的單純事件而已，是青瓦臺、國家情報院、全經聯都牽涉在內的嚴重媒體操弄事件。連TV朝鮮那樣明顯偏向政府立場的電視臺都有問題意識，知道掩蓋社會議題可能會遭觀眾抵制，持續報導了爹娘盟金援疑雲，

親朴的韓國極右派團體。

KBS和MBC卻只照政府說的做。」

三大無線臺在二〇〇九年傳媒三法修正案通過，以及二〇一一年有線綜合臺開播時，莫不擔憂媒體將漸趨保守，反對成立有線綜合臺，到了二〇一六年，卻陷入比有線綜合臺更具保守傾向的批判中。

深度調查新聞機構《打破新聞》是由在KBS、MBC主張報導公正性與編播自由，卻遭受懲戒的幾位記者與製作人所成立，他們指出：「長期以來，每當出現對執政黨不利的情況，KBS、MBC等主流媒體就會散播與大眾心聲對立的保守言論，並報導爹娘盟的示威集會。」公營電視臺之所以無法全面報導爹娘盟金援疑雲，是因爲他們屬於「內部人士」。[23]

＊＊＊

JTBC的表現於二〇一六年力壓其他電視臺。民主言論市民聯合團體每月選出的「本月優良電視報導」裡，JTBC幾乎囊括一整年的優良電視報導獎，創下有史以來單一電視臺的最佳表現。

二〇一五年十一月，JTBC報導了「民眾總崛起[#]」示威活動中警察的過度鎮壓，以及農民白南基[##]之死，以〈水砲攻擊測試，與當日截然不同〉、〈實際感受

\# 韓國代表性工會組織「民主勞總」發起「民眾總崛起」，共10萬人走上街頭，要求政府改善勞動權、照顧青年與農民生計、釐清世越號船難真相、反對強推國編歷史教科書等。政府卻將此定調為工會煽動的暴力示威，更出動警力以催淚瓦斯及水柱驅散群眾。

\## 從全羅南道上京抗議的68歲農民白南基，遭水柱攻擊倒地後，陷入昏迷死亡。但醫院在死亡報告書中判定為「病死」，非「意外致死」，引發社會譁然。

水砲攻擊，威力是？〉、〈違憲的警車長城，哪一方主張正確？〉等報導獲獎；十二月報導了國防部外交災難〈歸還韓戰中國兵遺骸九十具，疑似出錯〉；二〇一六年一月，批評總統朴槿惠發起聲援經濟活化法案連署〈總統發起連署，引發場外戰的爭議〉、〈要求每日報告連署成果，引發譁然〉也接連獲獎。

同年二月，批評國會議長直接提案表決《反恐法》的報導；四月持續探討全經聯與爹娘盟的關係，獨家披露〈付錢請脫北者參加保守團體示威〉、〈媽咪部隊示威找來脫北者〉、〈全經聯賄賂爭議擴大〉、〈青瓦臺疑似協商發動示威〉等報導，以及五月獨家報導駐韓美軍生化實驗〈首爾市內進行茲卡病毒實驗〉、〈一天內數十起生化實驗〉都受到獎項認可。

六月批評政府欲掩蓋日軍慰安婦問題、八月揭露美國欲在韓國部署薩德系統#、九月披露檢方欲扭曲農民白南基死因〈檢方要求強調其他可能死因〉、十月揭發崔順實干政〈崔順實修改總統演講稿，引發風波〉，皆獲獎項肯定。除了三月與七月的得獎作品從缺，每個月的殊榮都由JTBC奪得。

反觀「本月劣質電視報導」名單，TV朝鮮、Channel A、KBS、MBC皆榜上有名。如二〇一六年四月，KBS與MBC因完全不報導爹娘盟金援疑雲而上榜。

關於JTBC橫掃獎項的表現，金言慶認為：「其他電視臺幾乎都做不出優良

\# 2016年，韓國決定接受美國協助，在國內部署薩德系統（終端高空防禦飛彈），用來防禦北韓。但中國認為部署薩德將對其國安造成影響，展開對韓的多項反制措施，中韓關係降至冰點。

的報導，水準與JTBC差了一大截。在那一年內，若按個別議題去看，找不到比JTBC做得更好的。三月與七月是為了避免讓JTBC新聞得太多獎，所以決定不頒發。」由這句略帶苦澀的話可知，JTBC已經徹底用事實打臉「有線綜合臺一定不公正」的成見。

長期以來，進步派媒體運動陣營的信念即「媒體論調及所有權結構之間的關係密不可分」，自然認為保守派報社成立的有線綜合電視臺必定不公正，因此媒體改革的終極目標為「改善所有權結構」。然而，JTBC的例子卻顯示，如同一九七二年全面支持記者報導水門案，最終迫使美國總統尼克森下臺的《華盛頓郵報》發行人凱瑟琳葛蘭姆（Katherine Graham），韓國亦可能出現一位「理想的媒體持有人」。

就算洪錫炫將JTBC新聞全權交給孫石熙是為了個人政治野心，身為媒體持有人的他卻不干預報導論調，選擇替新聞負責人設下防護罩，這一點應該受到肯定。此外，儘管三星與洪錫炫之間存在特殊關係，JTBC卻是批判三星最頻繁、最強烈的媒體，也是不可否認的事實，使「公營電視臺比民營電視臺更公正」這個長久以來的說法被打上問號。有人指出，公營電視臺一直都是在總統選舉後便開始改變風向，也會因政權交替而產生內部分裂與人事大換血，充其量只是具有強烈意識形態的國家傳聲筒。

某地有一顆太陽高掛天上，每五年會換一顆不同的太陽[#]。最重要的不正是那顆太陽本身嗎？JTBC不斷用事實打臉，促使我們反思再反思。

韓國總統任期為5年，不得連任。

三年突破「朝中東」# 有線綜合臺框架

「我認為，有線綜合臺既已設立，與其抵制，不如提升其整體水準，做出更有格調的節目與報導，才是更符合現實的做法。我把這視為我最後的使命，將盡全力做到最好。[24]」孫石熙獨家受訪時如是說。三年後，「只是有線綜合臺之一」的JTBC產生了一百八十度的轉變。孫石熙三年的努力，使媒體界當初的預測變成誤判，使擔憂化為期待。

舉行總統大選的二〇一二年，JTBC晚間新聞只有平均〇・九一％（韓國尼爾森付費收視戶基準）的低收視率。但孫石熙加盟後，情況開始改變。二〇一四年五月，大量報導世越號船難的JTBC，月平均整體收視率上升至三・八九％，達成顯著成長。

更值得矚目的指標為二十至四十九歲年齡層的收視率，以往此年齡層收視率，JTBC與其他有線綜合臺一樣低迷，但孫石熙到任後的二〇一四年至一五年卻平

\# 分指《朝鮮日報》、《中央日報》和《東亞日報》，被認為是保守派媒體，旗下分別擁有有線綜合電視臺TV朝鮮、JTBC和Channel A。

均增加三倍。二〇一六年二月，五十歲以上收視比例為TV朝鮮七十五・六%、Channel A七十三・三%、MBN七十三・一%、JTBC四十三・八%，已經呈現出明顯差異。新聞節目的年輕族群收視率上升後，也帶動戲劇與綜藝節目年輕族群收視率的成長，使JTBC發展出不同於其他有線綜合臺的體質。

孫石熙使JTBC超越了有線綜合臺被保守派報社持有而具備的「先天傾向」，消除了觀眾的抗拒感，願意收看JTBC的新聞、戲劇、綜藝、教育類節目，就如無線臺一樣。

JTBC在媒體界的地位也改變了。《時事週刊》二〇一三年的「媒體影響力調查」，JTBC僅獲一到二%得票率，但兩年後，同一指標便增長為十五到二十%。《時事IN》自二〇〇七年實施「最信賴媒體人」調查以來，孫石熙屢獲第一名，得票率為二〇〇七年二十二%、二〇〇九年二十一%、二〇一〇年十二・九%、二〇一二年十七・四%、二〇一三年十七・三%；擔任JTBC報導總括社長後，得票率年年攀升，分別為二〇一四年三十一・九%、二〇一五年三十四・二%、二〇一六年三十六・八%，可見孫石熙主持新聞節目後，大眾對他的信賴感有增無減。

JTBC記者大多對孫石熙執掌報導局的成果很滿意。一位年輕記者說：「最近都還會提到三年前報導局狀態低迷的時候。以前許多人會因為JTBC是有線綜合臺而拒絕受訪，如今不會再發生了，讓記者有更多成就感，也對報導局產生信心。」

事實上，孫石熙到任後的三年間，沒有任何JTBC記者跳槽至其他電視臺。二〇一五年八月，JTBC錄用了四名Channel A記者、兩名TV朝鮮記者，可見因為偏頗新聞論調及高工作強度而備受折磨的Channel A、TV朝鮮記者，也紛紛想投靠較受肯定的JTBC。

＊ ＊ ＊

孫石熙的最重要成果為突破「朝中東有線綜合臺」的框架。他曾言：「如果朝中東有線綜合臺的框架給人負面印象，我們就必須從中跳脫出來。[25]」

看到JTBC的轉變後，進步派媒體運動陣營不得不將原主張「下架全部有線綜合臺」修正為「下架偏頗執政黨的有線綜合臺」；「收回有線綜合臺補助」的訴求也更改成「部分有線綜合臺」。

現在，孫石熙與JTBC新聞成為社會大眾分辨哪些主流媒體正在扭曲事實或迴避報導的參照點，這樣的社會價值是收視率數據無法道盡的，也是公營電視臺崩壞、其他有線綜合臺極度偏頗的時代背景下所促成的結果。

孫石熙曾在受訪時吐露：「我認為，我的角色與用處在於實踐何謂正確的新聞。[26]」如今，他剩下的課題是打造出「沒有孫石熙的孫石熙體系」。為此，必須有一個能使「孫石熙子弟兵」成長壯大的環境基礎。若要判斷孫石熙體系是否已經穩定，並能持續對JTBC新聞產生影響力，可從JTBC是否像同為民營電視臺的SBS[#]一樣成立全國媒體工會分會，以維持與資方之間的建設性張力來判斷。

但JTBC至今尚未擁有自主成立的獨立工會，報導總括社長孫石熙也無法命令記者與製作人成立工會，目前記者只能加入《中央日報》的中央傳媒集團聯合工會。未來若JTBC勞方自主成立工會，且能牽制資方、公開批評JTBC新聞及報導總括社長孫石熙，當那一天到來，才是真正確保了JTBC勞工的權益，以及長久穩固JTBC電視臺公正地位的根基。

SBS是韓國四大無線電視臺中唯一的民營電視臺。

康俊晩：孫石熙使媒體界天搖地動

「評價孫石熙時，我們時常只從宏觀的『有線綜合臺VS公營電視臺』框架來看，但他擔任JTBC報導總括社長後所實踐的新聞哲學與價值，一樣值得被探討與重視。」康俊晩提出「孫石熙新聞學」一詞：「孫石熙即使身為媒體界紅人而屢遭政治打壓，他仍突破重重阻礙，不斷思考電視新聞的未來。孫石熙在超越陣營之分、議題維持的努力，無人能出其左右，稱為『孫石熙新聞學』亦不為過。[27]」

康俊晩認為，孫石熙的「議題維持」挑戰了韓國的「快」文化：「在陷入陣營之分、愈形倒退的韓國社會裡，要做到不偏不倚、『傳遞所有事實，只傳遞事實』並不容易。雖然不能斷言孫石熙的做法無可挑剔，但顯然他確實一直努力朝那個目標走去。孫石熙是促使有線綜合臺產生巨大轉變的先驅，也連帶引起媒體界的天搖地動，因此可視為『孫石熙現象』。」基於有線綜合臺在新聞影響力與信賴度方面勝出，並瓦解了傳統三大無線臺體系，這番話不無道理。

作為一名學者，康俊晚心中其實懷有幾分羨慕：「新聞學者在講臺上講述新聞學應有的方向與內容是很容易的，因為學者享有一種特權，他們無須要求任何人去實踐。『實踐』完全是另外一回事，孫石熙卻頗為成功地將『理論』與『實踐』兩者連結。因此，孫石熙新聞學的部分意義也在於填補兩者之間的巨大鴻溝。」新聞學者若記得在學術研討會聆聽理論時，內心油然而生的無力感，便會對這段話深有共鳴。

康俊晚也不忘批評譴責保守派媒體的進步派陣營，事實上，這更令我感興趣：「進步派陣營以往頻頻遭受保守派陣營——應該稱為守舊的既得利益者——的暗算，因此進步派陣營發展出超越溫和懷疑主義的陰謀論傾向。（進步派陣營的）想法是『保守派媒體永遠以除掉進步派勢力為絕對目標』，但這樣的思維十分愚昧，因為對保守派媒體而言，理念與路線固然重要，但更重要的是維持商業的生存與成長。」仔細想來，TV朝鮮之所以自命為「朴槿惠的電視臺」，大多基於商業考量。

康俊晚談到孫石熙於JTBC獲得的成功時，也顯露出問題意識：「『媒體的商業主義』及『財閥維持與強化其既得利益』，兩者間可能存在微小落差，至於如何善用那落差，應該是最重要的課題，沒必要過度沉浸於決定論的觀點裡。」簡而言之，利用那些微小的落差，便可能讓朝中東三大報紙及有線綜合電視臺，有能力作出公正報導。

康俊晚也反問：「孫石熙不忘初衷、堅持了三年多，成為促使朴槿惠被彈劾的一大功臣後，有人開始認為代表資本已經擁有非常龐大的拉攏能力。但大型保守派媒體的報導與進步派媒體相同論調，或不作守舊傾向的報導，進步派陣營又認為有問題。難道是認為大型保守派媒體應該寫出進步傾向的報導，但大眾必須小心謹慎以防受騙嗎？」雖然這個『難搞的進步派陣營』說法略帶刻薄，但也值得思索，過去進步派陣營難道不是因為將朝中東視為萬惡淵藪，而作出失真的判斷嗎？

康俊晚指出：「進步派陣營過於著重分析保守派陣營的框架，高估保守派媒體的作為，並將所有問題都歸因於保守派的框架。」他認為，框架理論甚至使進步派陣營的弊病之一「責怪他人」，提升至藝術境界。若進步傾向的新聞銷量較好，現在的保守派媒體也開始出現進步傾向的報導。因此，康俊晚建議進步派陣營「勿再怪罪於保守派的框架」。

以往每到選舉，進步派媒體運動陣營便會提出「傾斜的運動場」主張。二〇一六年第二十屆國會議員選舉被批評是「民主化後最嚴重傾斜的運動場」，然而，執政的保守派新世界黨最終輸給在野的進步派共同民主黨。雖然「傾斜的運動場」是事實，但該次選舉結果表示「媒體傾向必然會影響選民意向」的公式已不再有效，大多數國民認知到媒體是不公正的，且會均衡關注多種新聞來源，與知識階層所擔心「大眾是被動的新聞接收者」已然不同，也是韓國經歷過軍事獨裁統治後，一路發展至今、凝聚而成的經驗所致。

高麗大學政治外交學系榮譽教授崔章集也提到：「『傾斜的運動場』之說法不過是在野黨敗選的藉口。如果政治版圖已經傾斜，我們再怎麼努力都會敗選，那還談什麼民主？既得利益者與非主流者何曾對等過？[28]」

運動場仍然是傾斜的，但遊戲局面已然轉變。我們應該注意到，許多人已經擺脫傾斜的運動場，另一種民意形成，保守派媒體也為了生存而開始改變。如今，進步派陣營最需要的是反省，停止怪罪於傾斜的運動場、遲遲不正視自己的問題，而這個反省的契機正來自孫石熙實踐的新聞學。

成立全國媒體工會JTBC分會吧

接下來，我想談談進步派媒體運動陣營裡最重要的全國媒體工會，所面臨的幾個問題。

二〇一一年是歷史性的一年，因為四大有線綜合臺已經全面開播，仿照無線臺編制的有線綜合臺自二〇一一年十二月一日開播後，開始奪走中老年觀眾。同時，韓國的智慧型手機普及率從二〇〇九年的二%、二〇一〇年十四%、二〇一一年三十八．三%，到二〇一二年遽增為六十七．六%，成為全球最普及的國家。

二〇一一年起，無線臺的收益年年下降；二〇一二年，固定電視與三大無線臺的時代宣告結束。MBC罷工一百七十天、KBS罷工九十五天，期間除了MBC《無限挑戰》等幾個綜藝節目停播，讓觀眾感到不習慣，並未構成大礙，因為觀眾還能收看很多有線電視臺，也能透過手中的智慧型手機觀賞Naver與YouTube。

自二〇一二年起，進步派媒體運動陣營面臨改變，因為陣營主力——三大無線臺的影響力已經大不如前。而JTBC產生轉變後，全國媒體工會更無法成功說服那些沒有KBS與MBC也無妨的人，相信公營電視臺有正常化的必要。人們對於公營電視臺只剩下冷嘲熱諷，全國媒體工會卻依然將「改善公營電視臺管理結構」視為第一目標。當人們毫不在意晚間新聞收視率只剩四%的MBC新聞是否被拯救，全國媒體工會應該轉而推動成立JTBC等有線綜合臺的工會，以獲得大眾支持、擴大運動陣營。但目前，全國媒體工會似乎還沒有醒悟。

全國媒體工會理事長姜勝南受訪時提到JTBC：「我們針對有線綜合臺的基本論調依然不變。有線綜合臺的出現攪亂了媒體生態，也破壞新聞專業，因此我們對有線綜合臺的誕生持否定態度。JTBC報導局的努力雖然獲得認可，但不等於認可JTBC及有線綜合臺本身。[29]」

進步派媒體運動陣營的立場也大致相同。從那時至今，以MBC與KBS為中心的全國媒體工會都將「改善公營電視臺管理結構及正常化」視為第一目標，並且一直維持著「有線綜合臺的成長乃得益於公營電視臺的衰退」之思維框架。

事實上，三大無線臺在朴槿惠執政時期失去頗多搶占議題的能力後，已經淪為只有五十代家庭主婦會收看的戲劇頻道，戲劇以外的節目都難以獲得二位數的收視率。此外，不僅成立tvN頻道的CJ E&M公司持續積極投資節目內容，

KT、SKT、LG U+等資金雄厚的電信業者，也計畫透過旗下網路電視的豐富內容，掠奪無線臺版圖。三大無線臺已再難找回昔日榮光，以其為中心的全國媒體工會亦同。若要擴大勢力，就該改變策略，放棄「廢除朝中東」、「廢除有線綜合臺」兩項訴求，轉而尋求能團結報紙與廣電媒體業裡的非正職勞動者的方案，使他們不再為工作不穩定而受苦，這才是最重要的。

進步派媒體運動陣營在二〇〇九年全力阻止傳媒三法修正案通過時，理由正當且具說服力，雖然最終未能阻止有線綜合臺的誕生，但媒體運動使社會大眾對有線綜合臺保持警戒與批判眼光。如今，媒體環境已經改變，也該發起不一樣的討論與運動了。

我曾聽一名有線綜合臺記者表示，他是全國媒體工會成員，換公司後卻被視為垃圾記者，使他感到慚愧；我也聽過一名從朝中東轉職到無線臺的記者選擇加入全國媒體工會，並且站出來罷工、要求公正報導。可見，目前記者仍會因為所屬公司而被貼上「垃圾記者」或「言論自由守護者」的標籤。

無線臺的新聞節目已經失去與有線臺的鑑別度，因此二〇〇九年傳媒三法修正案時的「三大無線臺 VS 四大有線臺」對立版圖也不再有意義。雖然進步派媒體運動陣營的「反對有線綜合臺再獲許可」方針，在 JTBC 脫胎換骨後已經修正為「要求下架劣質有線綜合臺」，但政權交替後，似乎也不會有任何有線綜合臺從許可名單中落選。

＊＊＊

有線臺既已壯大，就必須負起相應的社會責任。然而，部分有線臺即使多次遭受放通委行政處分、被批評報導偏頗，其新聞論調與態度仍絲毫未改，未來可能也不會改變。考量到有線臺新聞對社會的影響力，進步派媒體運動陣營至少應該從現在開始支援有線臺的媒體人，使他們能夠牽制公司管理階層，聯手發起內部抗爭。就目前而言，從內部進行牽制是減少不公正報導的最有效方法，而起點就是工會。有線綜合臺的記者與製作人一樣也是媒體人與勞工。

有線綜合臺內部也出現應該成立工會的呼聲，那並不是因為部分左派記者，而是人人都想改善自己的工作環境。朝中東三大報社之所以擁有工會，也是基於相同原因。曾有法院判例指出，公正報導也屬記者的勞動條件之一。對於新聞來源不明的北韓相關報導及偏頗政府的報導，許多隸屬有線臺的媒體人也感到羞愧與痛苦。

媒體學博士洪性一指出：「有線綜合臺讓既有媒體從不探討的小道八卦也能成為新聞，判定新聞價值的標準漸漸由公益性變成商業性，有線綜合臺讓新聞價值變得廉價。[30]」在報導局工作的人必定心知肚明。以往三大無線臺之所以廣受民眾信賴，是因為有工會建立健全的內部批判系統。有線綜合臺若想屹立不搖，就必須從內部開始改善電視臺的體質，才是真正的媒體正常化，也是唯有內部人員才能做到的事。

或許有人會反駁，由媒體持有人把持的民營電視臺不可能成立工會，但十五年前SBS成立自主工會就是一例，MBN也設有全國媒體工會MBN分會。二〇一一年，MBN管理階層將業務種類從新聞頻道改為綜合頻道時，全國媒體工會很快就對MBN分會成員反目成仇。在應予包容的時機點卻選擇排斥，如此錯誤不該再發生。

JTBC將播出電視劇《錐子》時，我曾聽一名員工說：「如果JTBC也有工會就好了。」

有線綜合臺也應該成立自主工會，時機就在眼前。

Notes.｜參考資料

1 《韓國日報》訪談，2013/5/25。

2 民調機構Hankook Research的MRS（Metro Radio Study）研究。

3 JTBC《舌戰》，2013/5/16。

4 《韓國日報》訪談，2013/5/25。

5 慶熙大學演講，2015/5/28。

6 《先有我們，才有我》，洪錫炫，2016/12，Samnparkers。

7 同前註，P180。

8 《廣電記者》年末號，廣電記者聯合會，2012。

9 JTBC《新聞室》，2016/11/29。

10《蟋蟀之歌》，孫石熙，P169。

11 OhmyNews訪談，2013/9。

12《廣電記者》11、12月號，廣電記者聯合會，2013。

13〈媒體進化論〉，《文化日報》專欄，2003/11/21。

14 民調機構「韓國研究公司」，目標內容研究（Target Contents Reach），2017/3。此調查以居住首都圈內的15~59歲為對象，同時進行網路調查與面談調查，調查人數上半年3478人，下半年3305人。

15 CBS廣播節目《我是時事DJ鄭寬容》，2013/11/8。孫石熙目前只上過2次廣播節目，另一次為1997年CBS的《鄭範九的時事DJ》。

16《韓民族日報》社論，2014/4/30。

17《蟋蟀之歌》，孫石熙，P288-289。

18 媒體資訊學會主題演講，2015/5。

19《IZE》訪談，魏根雨，2014/7/15。

20 民調機構Research View，電視臺信賴度調查，2014/5。

21〈領導者孫石熙〉，《IZE》，韓予蔚，2014/4/25。

22《蟋蟀之歌》，孫石熙，P139。

23 JTBC《新聞室》，2015/6/12。

24〈孫石熙加入JTBC〉，《韓國日報》，2013/5/9。

25 OhmyNews訪談，2013/9/3。

26《韓民族日報》，2013/10/4。

27《孫石熙現象》，康俊晚，2017/12。

28 時事月刊《月刊中央》，2015年4月號。

29《傳媒今日》，2014。

30〈保守電視媒體的新聞學，或稱「便士報」的電視化〉，「有線綜合臺的文化政治」媒體論壇，2014。

第四章 登峰造極

朴槿惠的垮臺，不只來自長年積弊與世越號船難，最終導火線，正是JTBC的獨家報導。當人民聚集在廣場上為JTBC歡呼，孫石熙也不由自主的進入了這場燭光革命的中心。

崔順實干政關鍵證據——她的平板電腦

二〇一六年十月二十四日上午，總統朴槿惠提出出人意表的「修憲」構想。當日，朴槿惠於國會針對預算案發表施政演說：「就任三年八個月以來，回顧過往，我切身體會到，只修改部分政策或採取幾項改革措施，難以從根本上解決我們所面臨的種種問題。」並表示有意推動修憲。關於崔順實干政疑雲，朴槿惠並未發表任何立場，修憲構想顯然是為了掩蓋干政疑雲的殺手鐧。

當時有人推測，青瓦臺已經事先得知JTBC即將報導〈崔順實的平板電腦〉，才急忙提出修憲。正義黨國會議員秋惠仙提到：「據我所知，二十四日總統發表施政演說前，青瓦臺已經得知JTBC取得了崔順實的平板電腦，正欲全面阻止JTBC進行報導。[1]」

修憲構想背後的意圖昭然若揭，許多媒體仍積極報導修憲。「干政的事就這樣被掩蓋了啊……」我與《傳媒今日》的記者們都有類似的反應。

修憲構想就如同黑洞，將其他議題的聲量吸納殆盡。當時，只有政權的走狗隨之起舞。當天KBS晚間新聞頭條為〈朴總統：目前時機適當，任期內完成修憲〉，且足足有七條修憲相關報導；MBC晚間新聞頭條也是〈朴槿惠總統閃電宣布修憲，任期內完成〉，且安排了八條相關報導。MBC表示：「分析指出，朝小野大的局面，只會不斷重複消耗性的政治鬥爭，因此提出修憲構想，以求突破。」

而當晚，JTBC《新聞室》進行了特別報導。主播孫石熙說道：

「上週，我們獨家播出崔順實密友高永泰#的訪談。他表示：『崔順實唯一擅長的是修改總統的演講稿。』報導播出後，青瓦臺祕書室長李元鐘表示：『正常人怎麼會相信？這在封建時代也不可能發生。』事實上，我們播出高永泰訪談的同時，也發現更多令人難以置信的內情。我們記者取得崔順實電腦的檔案並進行分析，確定崔順實曾經收過總統的演講稿。然而，崔順實收到一共四十四件演講稿檔案的時間點，全都在總統發表演講之前。」

崔順實沒有任何權限允許她事先收到總統的演講稿，她只是一介平民，卻能在事前就收到足以左右國家未來的總統演講稿，甚至指示進行修改。JTBC以被認為最能顯露朴槿惠政府執政理念、二〇一四年三月的德勒斯登宣言##為例，指出：「該宣言揭櫫了政府的對北政策，理應在高度機密下完成。但我們確認到，崔順實於一天前便收到德勒斯登宣言草稿。」

涉嫌協助崔順實利用空頭公司洗錢。

朴槿惠在2014年3月8日，於德國德勒斯登工業大學提出建構韓半島和平統一基礎之「德勒斯登宣言」，包括優先解決人道問題、建立南北韓共同繁榮民生基礎建設、儘早恢復南北韓人民同質性等。

崔順實事先收到的草稿檔案中，紅色字部分尤其顯眼。JTBC報導：「崔順實收到的草稿共十三頁，有三十多處以紅色字標示。就紅色字的部分而言，總統正式宣讀的內容與崔順實收到的版本並不相同。」

報導指出，二〇一二年十二月三十一日公布的朴槿惠當選總統後的第一次元旦祝詞，也是崔順實在一天前就收到草稿；二〇一三年，紀念五一八光州民主化運動的總統致詞稿件，亦由崔順實在五月十七日上午十一點五分閱覽過。JTBC指出：「此三份演講稿的共通點為，朴總統正式演講前，崔順實就已經收到草稿。此外，崔順實經手過的版本內容幾乎都與她收到的版本內容不同。」

翌日，《朝鮮日報》引述JTBC報導並表示：「朴總統曾經認為特別監察官李碩洙與記者進行過一次無關重大內容的通話是『擾亂國家綱紀』，因此指示檢方調查。倘若崔順實干政報導屬實，更是明顯嚴重的『擾亂國家綱紀』。」由此可見，就連《朝鮮日報》也對朴槿惠非常憤怒，崔順實平板電腦的報導掀起相當大的風暴。

JTBC這天的特別報導正式公開了總統親信成為祕密實權者的干政內幕，立即取代了修憲議題。報導出現的時間點也如電影般巧妙，回顧「韓國版光榮革命」的發展歷程：

二〇一六年十二月九日，國會通過總統朴槿惠彈劾案。

二〇一七年三月十日，憲法法院裁定罷免。

二〇一七年三月三十一日，法院批准拘留。

JTBC的報導被認為是關鍵證據。

＊＊＊

雖然至今仍難以置信，但二〇一七年的韓國為世界帶來希望，韓國人民透過和平手段促使現任總統下臺，過程未發生任何流血衝突，展現出史無前例的公民革命。因醜聞而遭罷免的總統朴槿惠很快就被拘留，涉嫌行賄的韓國最大企業、三星少主李在鎔也被拘留，如此電影般的場面正是由公民促成。

此外，媒體好不容易扮演了引領民主主義前行的要角，JTBC的〈崔順實平板電腦〉報導即為起點。網路上甚至曾有人預測，崔順實干政風波若翻拍成電影時可能的演員陣容，孫石熙也是被預測的主要角色之一，可見JTBC的關鍵性。

當時孫石熙內心的緊張想必旁人難以想像，朴槿惠政府彼時仍處於政治權力的最高點。媒體招惹朴槿惠政府的下場，從二〇一四年報導鄭潤會#干政文件的《世界日報》，二〇一六年報導禹柄宇涉嫌貪汙的《朝鮮日報》等案例可見一斑。此外，推動調查二〇一三年國家情報院干預總統大選疑雲的檢察總長蔡東旭，後來也

崔順實的前夫，曾於朴槿惠任國會議員時期擔任祕書室長。

被揭發育有一名私生子而請辭；曾表示「參選是為了讓朴槿惠落選」的總統候選人李正姬所屬的統合進步黨，也於二〇一四年被強制解散。

倘若〈崔順實平板電腦〉報導播出後，朴槿惠未被彈劾及垮臺，JTBC必然深陷危機。再者，當時放通委計畫將於二〇一七年三月，針對有線綜合臺進行許可審查。孫石熙必定明白，一不小心JTBC可能就從此消失。報導播出的前一晚，孫石熙的內心煎熬，絕非旁人能夠想像。

協助取得電腦的大樓管理員：相信孫石熙，所以幫他

JTBC如何取得崔順實的平板電腦？這可能是許多讀者最感好奇的部分。雖然JTBC新聞多次說明取得的管道，但很多人推測還有未公開的細節。採訪JTBC內部人士的結果顯示，關於取得電腦的來龍去脈，多數記者的回答都未超出新聞報導的內容，也有一些記者根本不清楚其中原委。這時，TV朝鮮社會部長李鎮東受訪時，發表了一段引人注目的言論[2]：

「崔順實的平板電腦確是由JTBC記者取得，當時，JTBC、《韓民族日報》、《京鄉新聞》的記者一同抵達引發爭議的大樓。大樓管理員是習慣閱讀八份報紙的人，他對《韓民族日報》的記者表示，他很不喜歡某成姓記者寫的政治報導。三名記者全部一無所獲地離開，但JTBC記者說自己忘記拿手機再次回到大樓。那時大樓管理員表明『我很欣賞孫石熙』，並拿鑰匙打開了辦公室，崔順實的平板電腦就在辦公桌抽屜裡，是關機狀態。」

朴槿惠的辯護律師團更曾將李鎮東描述為「策畫整起干政事件的老大哥」。因為知曉MIR與K-SPORTS兩個基金會內情的高永泰有一名親信，是廣告公司「高原企畫」代表人金洙賢。李鎮東以新世界黨籍參選第十八屆國會議員時，金洙賢曾在該陣營。李鎮東也在TV朝鮮主導了〈崔順實於換衣間進行總統服裝指導〉、〈崔順實個人訪談〉、〈前民政首席祕書官金英漢的備忘錄〉等干政案相關報導。

後來，該名大樓管理員的證詞讓社會大眾更進一步了解真相。

四月十日，首爾中央地方法院刑事合議庭第二十二庭公開審理崔順實與安鐘範#時，以證人身分出席的The Blue K大樓管理員盧某（六十歲），公開了當天他將崔順實平板電腦交予JTBC記者的過程。盧某表示，二〇一六年十月十八日，JTBC記者最早抵達大樓並取走電腦：「我認為JTBC有社長孫石熙，一定會根據事實報導，所以決定幫忙。」

根據盧某的證詞，他於九月五日左右獲得The Blue K的鑰匙並將辦公室鎖上，十月十八日JTBC記者來訪時再次將門打開。他說：「一開始對承租人有些抱歉，但我相信JTBC會公正的報導事實，基於協助釐清真相的公益目的，決定盡一點棉薄之力。」

盧某指出，他並不知道抽屜裡有崔順實的平板電腦：「我與JTBC記者一

時任青瓦臺首席祕書。

起過去，幫他開啟辦公室的門，並在打開抽屜時看見了平板電腦。我以為裡面是空的。」他解釋為何打開抽屜：「我只是希望能幫忙取得一些線索，任何有助釐清真相的線索都好。」當時他是正義黨黨員，現在則是共同民主黨黨員。當天的公開審理中，盧某也表示：「我對媒體抱有強烈的不信任感。媒體善盡職責，社會才會是公正的。我認為正是因媒體一直未善盡職責，才導致今天的後果。」

那位最早去找盧某的JTBC記者為金弼俊。十月十八日，金弼俊先取走平板電腦，下午將電腦送回大樓，二十日再次取走電腦。

盧某表示：「我希望盡我所能地幫助澄清真相，所以默許了金記者的任何行動。」他提到，JTBC記者來過之後，《韓民族日報》與《京鄉新聞》的記者也來了，但已經晚了一步。

崔順實的辯護律師團問：「所以你認為除了JTBC會報導真相，其他媒體都距離真相很遠嗎？」

盧某回答：「是，我是這麼想。」

當天的公開審理中，崔順實本人也問盧某：「JTBC記者偏偏在我們搬新大樓後來請你幫忙，難道不是因為他已經知道什麼了嗎？」

盧某答：「我不清楚。」

崔順實回道：「哎喲，誰會相信啊。」

這天，盧某在法庭上屢次提及孫石熙。回想起來，JTBC能夠取得崔順實的平板電腦，可說是因為孫石熙「擄獲了大樓管理員的心」。

要謙卑再謙卑

播出獨家報導隔天，孫石熙做的第一件事是寫信給全體員工，要大家保持「謙卑」。一般而言，播出特別報導後，社長都會說「我們是最棒的！」、「再接再厲！」，但孫石熙有點不同。當自家報導可能成為引燃彈劾總統的導火線時，員工們想必都會自我得意一番，就某種程度而言也是可以被接受的，那卻是孫石熙最先要警惕的。

孫石熙於二十五日下午寄給ＪＴＢＣ員工的信件全文如下：

從昨天起，ＪＴＢＣ再次成為最受矚目的電視臺。大眾對電視臺的關注很快會延伸到員工身上，請自重再自重，謙卑再謙卑。面對任何人都要如此，在採訪現場時如此，在街上與他人擦身而過時也要如此。

事實上，ＪＴＢＣ被選為最受信賴的新聞後，我便想向各位傳達這段話。我不確定自己是否做得夠好，但如今，ＪＴＢＣ的每一份子都應該做到才是。社會大眾隨時都在檢視我們，一旦產生任何爭議，便會引來強烈撻伐。

此外，本週播出的獨家報導雖然令人十分痛快，同時也會羞愧得無地自容，我們等於無意間給人們帶來了難以痊癒的失落感，所以我們的態度非常重要。你我都是ＪＴＢＣ人，保持謙卑、自重，只有利而無弊。我就寫到這裡。

孫石熙知道，閱聽大眾不僅對新聞裡的訊息，對新聞記者的態度也會很敏銳地關注並予以回應。因此，他叮囑員工在面對所有人時都要保持謙卑。人們並不如想像得那麼容易被理性與邏輯說服，反倒更容易對感性及細微之處敞開心房。

在新聞領域也是如此。閱聽眾不僅會關注特別報導中隱含的社會脈絡，也會對一張拍到孫石熙正在搭公車的照片感到好奇；光化門廣場的燭光集會上，人們會聆聽ＪＴＢＣ記者的現場報導，也會觀察ＪＴＢＣ記者進行準備工作時的一舉一動。以及記者如何應對突發狀況。孫石熙沒忘記這一點，也因此，ＪＴＢＣ人能夠在民眾於廣場上為ＪＴＢＣ歡呼時，依然保持謙卑。

這就是領導人的魅力。

收視率創紀錄，《新聞室》的全新地位

播出〈崔順實平板電腦〉特別報導後，《新聞室》收視率便超越了同時段的MBC、SBS晚間新聞。這是有線綜合臺開播五年以來，首次在晚間新聞收視率超越無線臺。誰能料到會有如此發展？

JTBC繼續播出特別報導。二〇一六年十月二十五日，《新聞室》提到朴槿惠在二〇一三年七月三十日，上傳到Facebook的五張拍攝於慶尚南道巨濟市豬島的照片：「崔順實平板電腦裡除了Facebook上的五張照片，還有其他未公開的八張照片。崔順實收到這些照片的時間點為Facebook貼文的兩天前，也就是七月二十八日。崔順實事前就知道總統的度假地點位於何處。」

二十五日，《新聞室》的收視率達到八．〇八五%（韓國尼爾森付費收視戶基準），創下最高紀錄，且家戶收視率及個人收視率的數據相當。收視率分析專家兼韓國尼爾森客服部主任黃聖延表示：「十月二十五日的收視率，就如世界盃期間民

眾高度關注新聞一樣，非常罕見。總收視率從下午七點三十分起就高於平均值，代表很多人已經在家裡打開電視頻道，準備收看新聞。」回想當天，我也像觀賞體育競賽轉播似的在辦公室與其他記者一同收看了JTBC與TV朝鮮，見證新聞撼動整個社會的過程。

十月三十一日，緊急從德國返韓的崔順實接受檢方調查，當天《新聞室》再度以八．七八四％的收視率刷新紀錄。總統朴槿惠的支持率不斷下探，《新聞室》收視率卻節節攀升。然而，《新聞室》收視率增加的同時，MBC、SBS晚間新聞的收視率並未出現明顯變動，這代表《新聞室》吸引到的觀眾為原本不看電視新聞的族群。

此外，爆發崔順實干政案後，電視臺在新聞議題上的領導地位漸漸由無線臺轉移至有線綜合臺。當時，TV朝鮮與JTBC皆有許多崔順實干政的獨家報導，TV朝鮮的收視率卻未見上升。探究原因，可能為其主要收視者為堅定支持朴槿惠的壯年族群，且TV朝鮮長期播出許多偏頗與扭曲事實的報導，似乎早已放棄經營觀眾信賴度。而JTBC時事節目《舌戰》及深度報導節目《李圭淵的聚光燈》，也因「《新聞室》效應」而連日創下最高收視紀錄。十一月二十九日實況轉播朴槿惠發表第三次對國民談話的收視率，JTBC甚至勝過KBS，成為九個電視臺的冠軍。

媒體研究者金洛鎬以電影《驚爆焦點》形容：「JTBC深知平板電腦內檔案的公共意義，用來積極指出整個體系的問題。不同於那些意圖藉由報導牛郎店的細節及各種具刺激性的隱私以創造話題的媒體，JTBC只集中於『干政』這個公共性元素上，展現其節制力。[3]」

JTBC的出色表現亦點燃其他媒體人的鬥志。《朝鮮日報》工會時隔十三年再度展開公正報導委員會的相關活動，一名《朝鮮日報》記者在工會刊物上表示：「我深刻體會到，媒體的生存之道終究在於牽制當前政權。」相較於朴槿惠的第一次、第二次對國民談話，在第三次談話裡，主跑青瓦臺的記者開始會突然提出「是否承認與崔順實間為共犯關係？」等較尖銳的問題，顯示媒體迫切要避免與朴槿惠一同向下沉淪。

國民之黨最高委員之一的朱昇鎔在二〇一六年十一月十三日會見記者時說：「我想向各位新聞工作者，尤其是有線臺的新聞工作者，表達內心的感謝。最近我格外體會到有線臺的重要性。有線綜合臺剛開播時，我其實非常反對，也非常擔心。如今看來，正因有線臺新聞工作者鍥而不捨地追蹤報導，這個龐大的干政案才被揭發。」這代表「由無線臺引領新聞議題」的電視新聞版圖已經瓦解。

當時，KBS社長高大榮曾於出席國會時表示：「JTBC收視率持續上升是因為播出了特別報導，那只是短期現象。」如此認知，不禁令人感嘆。

＊＊＊

韓國蓋洛普在二〇一六年十二月十三日至十五日，針對全國一千零四名成人進行「電視新聞收看偏好」調查，有四成五的受訪者選擇JTBC，其次為KBS十八％、YTN十％、MBC五％，SBS、TV朝鮮都只有三％。同年第三季（七到九月）的蓋洛普調查，JTBC只獲得十九％，但播出〈崔順實平板電腦〉報導後便急遽上升。

孫石熙到任前的二〇一三年第一季蓋洛普調查，JTBC的觀眾喜愛度只有一％，KBS則為四成一，壓倒性的勝過JTBC，但不過短短三年，便將冠軍寶座讓給JTBC。從那時起，媒體界開始稱呼JTBC為「非正式的公營電視臺」，甚至有觀眾認為「應該把收視費用改付給JTBC」。光化門廣場上，受到鼓舞的民眾看見JTBC的LOGO時，會不停高喊「孫石熙」。我最驚訝的是，這些戲劇性的轉變都源自於一個人的領袖魅力。

三大無線臺晚間新聞在二〇〇二年的平均收視率為KBS 1TV二十．七％、MBC十五．六％、SBS十二．八％（韓國尼爾森全國收視戶基準），直到有線綜合臺開播前的二〇一一年仍保持KBS 1TV十八．三％、MBC九．

八%、SBS十二．九%。但到了二〇一七年，MBC、SBS兩家晚間新聞的收視率即使合計也無法達到十%。「無線臺主導新聞市場」的體系在十五年後瓦解，可說是咎由自取。

二〇一二年總統大選，無線臺的新聞明顯偏袒執政黨，無法展現出與有線臺之間的差異，反而隨有線臺一同降低標準，甚至將批評管理階層、真正擁有實力的記者趕出報導局，蠶食自家的報導能力。如今回顧，孫石熙離開MBC時的二〇一三年五月，可說是無線臺體系瓦解的關鍵時間點。

不過，播出崔順實相關報導後，孫石熙一度遇上完全意想不到的新煩惱：iPhone內建的人工智慧系統Siri。

孫石熙主持現場直播的晚間新聞時，都會將他的iPhone放在眼前，但某次他念到「崔順實」三個字後，Siri便自動開啟並詢問他：「有什麼我可以幫忙的嗎？」讓孫石熙在鏡頭前尷尬了一下。

批評三星李在鎔，收視率破十

二〇一六年冬天，播出〈崔順實平板電腦〉特別報導後，JTBC接連播出多則獨家報導，包括〈政府多方援助崔順實一家光顧的醫院〉（十一月九日）、〈總統免費接受美容治療，化名吉羅琳〉（十一月十六日）、〈鄭虎聲#手機尚含未公開重要證據二十件〉（十一月二十日）、〈成分內容無紀錄，總統注射劑疑雲擴大〉（十一月二十三日）、〈總統指示：找出爆料者並予以懲處〉（十二月一日）。其中，朴槿惠使用電視劇《祕密花園》女主角名「吉羅琳」為假名接受美容治療，更讓身為總統的她顏面盡失。

《新聞室》收視率在二〇一六年十二月六日首度突破十%大關，為有線綜合臺開播五年來，晚間新聞收視率首次達到兩位數。這天，九大企業集團領導人共同出席國會的國政調查委員會聽證會，JTBC集中報導了調查內容。九名企業領導人皆否認捐款給崔順實所掌控的MIR與K-SPORTS兩個基金會，以及資助崔順實一家

時任青瓦臺祕書官。

等行為存有對價關係。孫石熙評論：「二十八年前，官商勾結起碼會攤在陽光下，如今似乎反而更倒退了。」

當天的〈主播簡評〉，孫石熙諷道：「（所有企業領導人）都一致承認自己有錯，卻沒有一個人解釋哪裡有錯。」JTBC尤其強烈批評三星電子副會長李在鎔：「李在鎔疑似向崔順實等人遊說，請求國民年金公團支持推動二〇一五年三星物產與第一毛織的併購案，以鞏固其經營權。」並認為李在鎔所說「併購案無關其經營權」毫無說服力。

JTBC報導：「李在鎔對多數提問都答『我做錯了』、『我會努力』、『我很慚愧』，一度被議員要求『勿東問西答』。」針對李在鎔的答辯，孫石熙批評：「關於三星疑似資助崔順實女兒鄭幼蘿一事，李在鎔表示未收到相關報告並予以否認；關於青瓦臺是否協助推動三星物產與第一毛織併購案，李在鎔也未能給出明確答案，使爭議更加擴大。」JTBC報導：「有人批評，三星員工因罹患白血病去世時，三星頂多只賠償五百萬韓元；但對鄭幼蘿及相關基金會，三星卻支付了數百億韓元。」

十二月八日，《新聞室》收視率再次以十．七三％創下新高峰，這天是朴槿惠被國會彈劾的前一天。由於有人質疑〈崔順實平板電腦〉報導為造假，《新聞室》表示：「二〇一四年，鄭潤會干政文件被揭發時也發生過相同情況。當時，青瓦臺帶頭將焦點放在質疑文件為何被《世界日報》取得，而非關注文件內容。總統背後的祕密實權內幕已經被揭露過一次，如今又再次爆發。」

隔天，朴槿惠的總統權限宣告凍結。

那時，我剛出版《朴槿惠垮臺》一書，不久後收到日本《朝日新聞》記者的聯絡，很驚訝日本記者致電給我這樣的小人物。對方針對書的內容進行採訪，並以生疏的韓語向我追問孫石熙是什麼樣的人物，那是他真正好奇的部分。日本某節目曾經探討崔順實干政案並且集中分析孫石熙，一度在網路論壇上成為話題。

彈劾總統當日，以〈主播簡評〉慰問觀眾

二〇一六年十一月二十五日，演員李秉憲以《萬惡新世界》（내부자들）獲得青龍電影獎最佳男主角，獲獎感言令人印象深刻：「第一次讀《萬惡新世界》劇本時，我還想這電影情節會不會太誇張了；現在看來，真實世界好像比電影情節更嚴重。」

《萬惡新世界》是電影，所以我們能笑笑地看過；但當大眾看到一個平民能事前收到總統演講稿、祕密實權者一句話就能決定政府高層人事安排、總統向企業勒索資金，種種電影情節般的真實案件爆發時，無人不感到憤怒、無力與厭惡。

崔順實干政案風波期間，《新聞室》連日於特檢辦公室、憲法法院、青瓦臺、光化門廣場前進行連線，為大眾揭開難以接受的真相。這段期間，趙允旋#、金淇春##、李在鎔、朴槿惠接連受到拘留處分。孫石熙雖然每天播報令人絕望的新聞，卻也不忘為社會大眾帶來「慰藉」與「希望」。

\# 擔任文化體育觀光部長時，參與「文藝界黑名單」而下臺。

\## 前青瓦臺祕書室長，因「文藝界黑名單」與世越號沉船事故報告造假案被判刑。

二〇一六年十一月二十八日，《新聞室》〈主播簡評〉中，孫石熙提及朴槿惠的競選口號「夢想成真的國家」：「這不是人民的夢想，而是帷幕背後的人的夢想。」譴責朴槿惠政府拋下對人民的承諾。

他批評政權後，接著表達出他心中對於正直人民的敬意：「很多人即使自嘲自己拿的是玻璃錢包#，每年依然誠實繳納稅金；沒有以各種光怪陸離的疾病為藉口逃避兵役，懂再多小聰明也不會接受特權。他們不走捷徑，而是踏實努力地獲取成果，在自己的崗位默默奮鬥。對民主國家的人民而言，這是所有人都應該遵守的基本承諾。」

二〇一六年十二月九日國會通過總統朴槿惠彈劾案當天，孫石熙在〈主播簡評〉說：「或許，不需要平板電腦的出現也不一定。一臺小小的平板電腦雖然最終促使否認各項疑點的總統對人民道歉，國會也通過彈劾，但那不是這一連串風暴以及蝴蝶效應的最初起點。」

他接著提到二〇一四年四月十六日：「人民的心隨著船隻向下沉的那一天。氣穴、黃金救援時間、潛水鐘，人們重複著這些令人心焦的詞彙，父母搭乘小船前往遠海呼喚兒女歸來。官員卻不聞不問，只顧討論禮節順序，悠哉地吃泡麵，只在乎畫面怎麼呈現……那些殘忍的作為，或許才是真正的起點。」

這天，由於總統彈劾案通過，媒體無不聚焦於總統補選、修憲、朝野政治盤

意指一般上班族薪水入帳紀錄透明，因而伴隨繳納稅金的義務。

算、憲法法院日程等議題上，但孫石熙再次提起世越號，並追憶了已逝的民間潛水員金冠灯：

「用雙手將學生從海裡救出來的潛水員，被控『業務過失致死罪』，真正應該負責的青瓦臺卻不斷跳針表示『這裡不是指揮中心』。從頭到尾閉口不談那神隱的七小時，繼續做頭髮、化妝，甚至傳出『連黃色都討厭』……一群人處於與社會的悲痛截然不同的平行時空，談『國家』、談『國民』。二〇一四年四月十六日，這天展開的蝴蝶效應巨大而鮮明，或許我們早就猜到最後的結果。」

這段話是如此深刻。

許多人都在為彈劾案通過而歡呼時，孫石熙選擇以沉穩的聲音安慰那些看見國家權力真面目而備受打擊的人：「漫長的冬日就要展開。春天來臨前，有很多事情等著我們去完成。所有真相必須打撈上岸，所有反常歪風必須匡正。」

孫石熙似乎非常了解，這個即將傳遞給所有人的新聞除了會帶來痛快感，背後還蘊藏了苦澀的滋味，所以他不希望這一連串事件使人們對社會產生厭惡。孫石熙談到「春天來臨前必須完成的事」，並引述金冠灯所說的「之後的事就拜託了」，點亮了人們心中的光芒。

二〇一六年十二月二十九日，年末最後一次〈主播簡評〉，孫石熙說：「那些但願無須經歷的事，我們都正一起經歷著，也因此使眾人團結一志，產生憑藉己力改變世界的自信，以及所有人民的高度品德。二〇一六年，大韓民國終於了結早該結束的黑暗過往，重拾已經遺忘的事物，再次向前邁進。無數的心靈緊緊相依，一起度過漫長的黑夜。新的一年，新的一天，即將開始。」

逮捕紅色通緝要犯鄭幼蘿

二〇一七年一月二日JTBC《新聞室》獨家報導鄭幼蘿在丹麥被逮捕的過程，以十一．三五%的收視率又一次打破最高紀錄。對鄭幼蘿在梨花女子大學肆行多項特權而感到憤怒的人民而言，此新聞就如同新年大禮。

JTBC記者團隊於丹麥奧爾堡（Aalborg）某住宅區發現了鄭幼蘿代步用的福斯汽車，找到鄭幼蘿本人#。由於鄭幼蘿拒絕受訪，記者決定向丹麥警方舉報。事實上，可以說是JTBC抓到了被通緝的鄭幼蘿。當時，從KBS到Dispatch等許多媒體都為了尋找鄭幼蘿，在德國、法國四處搜查，展開競爭。結果最後贏家是JTBC，網友紛紛認為，JTBC比政府調查部門更有能力。

JTBC記者李嘉赫報導：「記者團隊抵達本區後，於上月三十一日凌晨確認鄭幼蘿確實藏身此地。雖然記者團隊持續等待鄭幼蘿現身，但她一直沒有出門，且鄭幼蘿一行人發現記者團隊後，關閉室內所有燈光、拉上窗簾，甚至以棉被遮擋，

相關內容可參閱JTBC記者李嘉赫的著作《那天在那裡的人們》。

意圖與外界隔絕並徹底隱藏。由於記者團隊無法排除鄭幼蘿會在我方暫時離開其藏身處時，逃往其他地點的可能性，並考量到韓國警方已向國際刑警組織申請發布對鄭幼蘿的紅色通緝令，因此認為向丹麥當局舉報並交由當地機關判斷會是更好的做法，便在一日下午四時左右向警方舉報。」

然而，這天的報導卻在意想不到之處引發爭議。Mediati媒體公司理事朴相賢認為JTBC記者向丹麥警方舉報鄭幼蘿藏身處後進行報導，違反採訪倫理，主張「如果決心要報導，就應該退居為觀察者」[4]，但文章下方有一萬多個網友留言，表示無法同意。

記者圈裡也掀起一番爭論。CBS知名記者卞相昱（現為YTN晚間新聞主播）於Facebook個人頁面表示：「全斗煥執政時，我曾幫助那些決心對抗政府、被警方追捕的軍中告密者，讓他們躲在CBS辦公室；也曾在查到詩人朴勞解的來歷及藏身處後，仍決定放棄獨家報導。『完全不介入事件』的單純採訪只不過是空談。」

SBS-CNBC頻道製作人金炯民也認為：「如果為了實行『單純採訪』，而對拒絕受訪的洗錢、境外逃稅、其他重大犯行嫌疑人或相關證人坐視不管，同樣嚴重違反『採訪倫理』。」

相反地，《京鄉新聞》記者朴恩荷在Facebook個人頁面表示：「JTBC等於是與警方聯手並參與調查，兩個組織的合作實在令人震驚與害怕。媒體自行計畫後，聯合調查當局等權力機關或逕自行動的案例非常多，卻都是不良示範，那我們又該如何評價這次事件？這就是為什麼即使認為ＪＴＢＣ這次的報導是基於善意、沒有考量到倫理對錯卻帶來令人痛快的成果，我也必須提出異議。」

但社會輿論對這些異議抱持諷刺的態度。《中央日報》記者出身的慶北大學新聞傳播學系南載日教授受訪表示：「媒體倫理必須獲得人民共鳴才能成為普世倫理。如果大眾不認同，只會淪為職業的意識形態。如果大部分人都認為應該向警方舉報，那就是記者長期以來都未貫徹自己主張的新聞客觀性所招致的結果。」也就是說，由於媒體一直得不到大眾信任，所以「逮補鄭幼蘿」後所延伸出的倫理爭議也變得毫無意義。

朴槿惠找打手攻擊孫石熙

德國納粹黨宣傳部長戈培爾（Joseph Goebbels）於一九二七年創辦納粹宣傳刊物《攻擊報》（Der Angriff）後，長期撰寫社論侮辱柏林警局副局長魏斯（Bernhard Weiss），因為魏斯掌管的政治局禁止納粹黨在柏林活動。為了納粹，戈培爾不斷攻擊魏斯。

戈培爾為猶太人魏斯冠上歧視外號，將他比喻為站在冰面上的驢子，罵他「虛偽、懦弱、面部扭曲」，更以馬克思主義者之名進行虛假煽動。忍無可忍的魏斯雖曾以侮辱罪起訴戈培爾，卻未能阻止他的作為。戈培爾與納粹突擊隊員在柏林市內發起遊行示威，穿上侮辱猶太人的服裝。柏林警局在撐了十一個月後，最終解除了對納粹黨的禁令。

與九十年前的戈培爾同樣惡毒的宣傳與煽動，卻於韓國再次重現。

JTBC取得崔順實的平板電腦、揭發她經常收到、修改總統演講稿後，一百天內，政權（青瓦臺、國家情報院）、金權（全經聯、大企業）、極右派（極右派公民團體、新世界黨）聯合起來攻擊JTBC，有組織的發動集會遊行、刑事訴訟、人身攻擊、靜坐示威，這是朴槿惠打壓批判性媒體的最後惡招。

JTBC播出〈崔順實平板電腦〉報導兩天後，二〇一六年十月二十六日，朝野同意成立特檢組調查，總統朴槿惠等於政治生涯被宣判告終，但隔天很快就反擊。第一個開砲的為「親朴派」新世界黨國會議員金鎮臺，他曾揭露《朝鮮日報》前主筆宋熙永的貪汙爭議，使其陷入危機。他在十月二十七日的國會法制司法委員會裡主張「平板電腦的主人不是崔順實」，意圖否認干政案的關鍵疑點。

日後，這項主張被證實是由崔順實提出。當天，崔順實與K-SPORTS基金會部長盧勝日通話時提到：「要想辦法說這完全是他們（JTBC）把電腦偷走後編造的……」並下令盡可能掩蓋此事。崔順實的主張經新世界黨議員提出後，媒體紛紛報導，爹娘盟、愛朴會、媽咪部隊等親朴與極右派團體，很快就在十月三十一日至十一月九日間，於上岩洞JTBC總部前方集結抗議，主張〈崔順實平板電腦〉是假新聞。

即使在十一月四日，媒體報導檢方確認平板電腦主人為崔順實，抗議活動依然持續。為了刺激JTBC，上述團體還製作、散播孫石熙與JTBC記者穿著囚服的合成照，甚至到頒發「年度最佳女記者獎」給JTBC女記者的場合鬧場。

十一月十日，爹娘盟等團體於首爾中央地方檢察廳對孫石熙提起刑事訴訟，要求調查JTBC取得平板電腦的詳細過程。

有人質疑，為了降低平板電腦的可證性，崔順實與新世界黨部分議員進行了謀畫。高永泰在十二月十三日《月刊中央》訪談中預告：「十五日的國政調查委員會上，新世界黨議員與崔順實相關人士將會主張平板電腦的主人是高永泰。」後來的確出現類似主張。

盧勝日曾表示：「新世界黨議員李完永向K-SPORTS基金會理事長鄭東春提議，想辦法把平板電腦說成是高永泰的，而且是JTBC把電腦偷走的。」

十二月九日，國會通過總統彈劾案，親朴與極右派團體便主張「若沒有JTBC的假新聞，總統不可能被彈劾」，並形容此為「媒體之亂」。新世界黨宣稱要成立「平板電腦真相查明委員會」，進行聲援。二〇一七年一月十日，愛朴會、媽咪部隊、韓國自由總聯盟、爹娘盟等親朴與極右派團體，正式成立「偽造平板電腦真相查明委員會」，由韓國自由總聯盟總裁金景梓擔任共同代表，韓國自由總聯盟社會特助邊熙宰等人擔任執行委員。

一週後的一月十七日起，上述人士開始集結於放通委所在的放送會館，占領一樓大廳展開靜坐示威，要求審議與制裁JTBC。一月二十三日，新世界黨議員尹相現前往現場表示支持，盛讚媽咪部隊成員是「對抗大韓民國偏頗報導的強大女性」。JTBC偽造平板電腦報導的主張漸漸被包裝成「執政黨與公民團體提出的質疑」，並獲得部分極右派網路媒體及MBC等少數主流媒體支持，漸漸擴散開來。偽造平板電腦真相查明委員會甚至認為：「只有MBC做好了採訪工作。」

不過，崔順實平板電腦並未成為繼續製造風波的藉口。檢方追蹤JTBC提交的平板電腦網路紀錄，發現平板電腦的移動路徑與崔順實的移動路徑相符，確認其主人為崔順實；特檢組也分析崔順實外甥女張始浩在一月初提交的第二臺崔順實平板電腦，發現與JTBC取得的平板電腦一樣，都有總統發言資料及崔順實接收三星獻金的相關電子郵件。

崔順實干政的證據傾巢而出，有關平板電腦可證性的質疑失去意義。緊接著，身為知情人士的安鐘範、鄭虎聲開始說出有關崔順實干政的證詞，安鐘範的手冊更寫有一切真相。

一月三十一日《新聞室》〈主播簡評〉，孫石熙說：「許多含有根本不可能成立之主張的陰謀論及偽造說，正如同傳染病般散播，其背後意圖不過是為了模糊干政的確切證據、延遲憲法法院的判決，企圖翻轉當下的局面。」

即便如此，親朴與極右派團體依然持續反駁，不斷攻擊孫石熙。一月十八日，他們以謀害證據偽造罪的罪名向孫石熙提起告訴：「終究會以國家內亂罪提告孫石熙和洪正道#。」認為揭發政府內部有祕密實權者干政、收視率與信賴度皆快速上

洪錫炫之子，中央傳媒集團、《中央日報》、JTBC代表理事社長。

升的電視臺新聞負責人犯了國家內亂罪，作出如此「詭辯」之人，就是邊熙宰。

＊＊＊

邊熙宰是什麼人？他曾因指控前統合進步黨國會議員李正姬為從北主體思想派，二審判科罰金一千五百萬韓元；指控藝人金美花為親盧從北者，一審判科罰金八百萬韓元；指控藝人兼政治人物文盛瑾，事前計畫並煽動李某於二〇一三年批評朴槿惠政府後自焚，受一審判科罰金三百萬韓元；指控當時自焚事件為親盧從北者的計謀，受一審判處精神賠償死者家屬六百萬韓元。不只如此，他也指控過藝人Nancy Lang為親盧從北者，二審判科罰金四百萬韓元；指控城南市長李在明為從北者與賣國賊，二審判科罰金四百萬韓元；近期則因毀損前共同民主黨國會議員金光珍之名譽，一審判處有期徒刑六個月，緩刑一年。另一方面，演出企畫人卓賢民曾批評邊熙宰為瘋子，但最高法院宣判無罪。

這樣的人物，卻被朴槿惠與崔順實選為關鍵打手。

崔順實的律師團於一月九日，聲請邊熙宰以「平板電腦專家」名義出庭擔任證人，使邊熙宰成為攻擊ＪＴＢＣ的核心角色。朴槿惠與崔順實居然選擇連ＴＶ朝鮮等有線臺都不想邀請的邊熙宰當打手，可見他們已經無路可退。

一月二十六日，JTBC控告邊熙宰等人毀損名譽，邊熙宰便主張：「JTBC向檢方發出了SOS。他們要公布平板電腦偽造白皮書了。」

要認為平板電腦造假乃個人思想自由，也有權利表達，問題是那些團體的目的及幕後操作。青瓦臺長期利用全經聯金援爹娘盟、媽咪部隊等極右派團體，發動官方組織的示威集會。《韓民族日報》報導，過去三年內，從三星等四大企業流向極右派團體的資金，光是已確認的就有七十億韓元。

全經聯副會長李昇哲也向特檢組陳述：「青瓦臺選出爹娘盟等十多個保守派團體，要求對其金援，連具體金額都定好了。」上述團體主導過反對查明世越號船難真相、贊成回歸國編版教科書的集會示威，也提出彈劾總統無效及平板電腦造假等主張。

青瓦臺國民溝通祕書官室行政官許賢俊，被揭露向韓國自由總聯盟指示發動示威一事後，成為被調查對象。《時事IN》報導，前任國家情報院幹部指出：「朴槿惠政府上任後建立了一個完美機制，只要發動集會，就會給錢。」《京鄉新聞》則報導，朴槿惠政府四年內支付給新村運動中央會、正直生活運動中央協議會、韓國自由總聯盟三個保守派團體的國庫補助金，將近兩百億韓元。

最後，朴槿惠利用邊熙宰對孫石熙發動攻勢，表面上是行使言論自由與表達疑慮，實際卻是打壓媒體。

孫石熙於一月三十一日的《新聞室》〈主播簡評〉強調：「任何政治宣傳的聲勢再浩大，只要身為受眾的人民是清醒的，那就是失敗的宣傳。」

只是，「失敗的宣傳」依然多次被搬上檯面。戈培爾與希特勒的下場，邊熙宰與朴槿惠也終將面對。

我們是來殺孫石熙的

「有這麼多人在這裡集會，也沒有一家媒體完整報導過吧？再這樣下去，太極旗集會#的人數會減少，燭光集會人數會愈來愈多。報紙、無線臺、有線臺，我們都沒有……那就讓所有人都成為媒體，拿出你們的智慧型手機，展開愛國革命吧！」

「這是自由主義與共產主義之間的戰爭，光化門燭光的目標不是要彈劾總統朴槿惠，是要顛覆國家！」

「彈劾無效！電腦經過偽造！」

首爾市府廣場上的太極旗集會，口號的共通點是對媒體的不信任。崔順實干政案爆發後，連朝中東等保守派媒體也開始批評總統朴槿惠，迫使親朴與極右派背後的策畫者們不得不找出應對方法。他們決定將媒體視為事件的導火線，捨棄主流媒體，選擇網路媒體「鄭奎載ＴＶ」與朴槿惠一對一訪談，更加強化了其應對邏輯。

指親朴與極右派的示威集會，太極旗為韓國國旗之別稱。

他們先是為燭光集會定調，例如前《朝鮮日報》文化部長李翰雨提到：「看著要求彈劾總統的燭光，就想起二〇〇八年的狂牛症風波#。燭光集會基本上都隱含不服大選結果的心理。」接著就如同二〇〇八年為了削弱燭光集會的力量，開始主張掀起狂牛症爭議的MBC節目《PD手冊》報假新聞，對MBC發動大量攻勢一樣，他們也開始主張JTBC《新聞室》報假新聞。

曾任《月刊朝鮮》主編、且積極參與太極旗集會的趙甲濟認為，朴槿惠被彈劾完全是「媒體之亂」，符合親朴與極右派將〈崔順實平板電腦〉報導視為事件起始點的邏輯。他指出：「《朝鮮日報》等所有媒體對朴槿惠總統的反感充滿濃厚的報復意味。近期太極旗集會的規模有所壯大，正是因為人們對媒體的煽動報導感到憤怒。」

趙甲濟認為：「朴槿惠總統與祕密心腹崔順實的不當關係是她的弱點，但並不如報導所說的嚴重，也不該因此彈劾她。」這也是參加太極旗集會的人的想法，因此他們同時主張「媒體改革」。

前新世界黨國會議員李老根更說出：「應該將JTBC等垃圾媒體送進焚化爐裡燒掉。」

他們的詭辯尤其針對孫石熙。二〇一七年二月十二日，邊熙宰等兩百多人聚集於首爾市平倉洞的孫石熙住家前召開記者會：「我們是來殺孫石熙的。」發表一堆

2008年，韓國重啟美牛協商，引發民眾對狂牛症的疑慮，形成大規模燭光集會抗議。

胡言亂語。

接著，極右派團體「自由統一解放軍」控告孫石熙犯下內亂煽動罪、名譽毀損罪、偽造電磁紀錄罪、業務妨害罪。也一併控告《朝鮮日報》社長方相勳、《中央日報》會長洪錫炫、《東亞日報》社長金載昊犯下內亂煽動罪、以出版物進行名譽毀損罪、常習詐欺罪。親朴與極右派的作秀行為，就是欲將整起事件塑造為媒體偽造報導所致。

江原大學新聞傳播學系金世銀教授認為，親朴與極右派之所以選擇將「媒體偽造及扭曲報導」作為核心主張，是因為韓國社會長期以來對媒體不信任，人們很容易接受這樣的說法。

他們也選擇太極旗作為代表其主張、吸引支持群眾的象徵，因為太極旗能喚起人們對朴正熙、全斗煥軍事獨裁時期的懷念與集體記憶。太極旗集會的邏輯就是：媒體偽造及扭曲報導→總統被彈劾→左派顛覆國家→大韓民國的危機。只是不斷重複已然過時且無發展性的口號，也是懷念舊體制的垂死掙扎。

假新聞助長了太極旗集會的氣勢，一份調查報告指出，五十代於通訊軟體KakaoTalk上接觸假新聞的比例為四十五・六％[5]。藉由蒐集與分析個人網路使用紀錄，以提供符合使用者政治傾向之資訊的「同溫層」，強化了集會群眾的動機與信念。

《中央日報》與Google新聞實驗室（News Lab）合作，分析了太極旗集會參與者的Facebook動態消息，發現他們的動態牆上經常出現「孫石熙說謊」、「邊熙宰提出質疑」、「數百萬人參加太極旗集會」等新聞。

孫石熙曾嘆：「究竟是哪些人策畫了這場悲劇，還引以為樂？[6]」當他望著那一群聲稱要來殺自己的人時，可以想見心中的難過，絕對勝於憤怒。

從回應的那一刻，就被捲入了框架中。或許一開始還不會被影響，但聽久了就會開始在意，甚至自問：「真是這樣嗎？」──《週刊朝鮮》〈盧武鉉豪華遊艇〉及《朝鮮日報》〈盧武鉉私宅有如「阿房宮」〉的報導框架皆是如此，當事人回應得愈多只會愈自傷，這種惡劣手段卻再度上演。

事實查核：孫石熙的三十億豪宅

太極旗集會創造出「孫石熙豪宅」的框架與主張，指孫石熙花了三十億韓元，在二〇〇三年買下首爾市鐘路區平倉洞的獨棟住宅，認為他根本在假扮庶民。

我請教了最靠近孫石熙平倉洞住宅的不動產仲介業者，他們表示，當地住宅買賣只以土地價格進行交易，不會再加上建物價格。孫石熙住宅的成交價約每坪一千五百萬韓元，孫石熙在二〇〇三年買下，當時的公告現值，A業者表示約為每坪七百到八百萬韓元，B業者表示約為每坪一千萬韓元。A業者也提到，二〇〇〇年代中期有許多畫廊進駐，使當地不動產價格開始上漲。

孫石熙在二〇〇三年買下的平倉洞住宅，據了解約為七億韓元，與太極旗集會群眾主張的三十億相去甚遠。MBC有關人士指出，一九八四年到職的孫石熙在二〇〇三年申請了退休金期中精算及提領。可以推測，孫石熙在二〇〇三年為了買下平倉洞住宅，賣掉首爾市木洞的三十五坪公寓，並事先提領了部分退休金。

孫石熙的平倉洞住宅為屋齡三十六年的老屋，前MBC製作人鄭燦亨曾經造訪，據他說，孫石熙買下該住宅後，修繕了許多漏水的角落。他認為：「與豪宅有天壤之別。」

所謂豪宅並沒有一定的標準。若要這麼說，二〇一二年公告現值一百二十九億韓元、《朝鮮日報》社長方相勳位於首爾市銅雀區黑石洞的獨棟住宅，才該被稱為「豪宅」吧。更重要的是，「孫石熙必須住在寒酸簡陋的房子裡，才具有身為媒體人的正當性」，根本是惡劣的框架與主張。

事實上，孫石熙從大學時期起就經常只穿同一套衣服[7]，週末無法使用公司車時也習慣搭公車，戴的手錶還是小兒子送的平價手錶。我認為，惡劣的框架與主張甚囂塵上時，完全不回應才是明智之舉，因此也未將我所知道的內容寫成報導。

這個冬天，對所有人而言都很難熬

二〇一七年二月十六日上午，孫石熙再次寄出電子郵件給JTBC員工，描述他如何看待當時有關JTBC及自己的流言蜚語，也是繼二〇一六年十月二十五日，他在〈崔順實平板電腦〉報導播出隔天寫信給員工後，第二封與干政報導有關的信。全文如下：

我是孫石熙，感謝各位在百忙之中抽空閱讀這封信。

隨著總統彈劾案邁入最後審理階段，部分人士對於我及公司的攻擊也變得更加激烈。我想，身為JTBC報導總括社長，應該向中央傳媒集團的各位同仁說明，所以決定寫下這封信。雖然各位可能早已注意到某些外界人士的政治意圖，不需要我再說明，但據我了解，他們不斷利用假消息攻訐，讓不少人開始面臨身旁親友的質疑。

首先有關平板電腦的謠言，我們所有報導細節都與事實吻合。今日在前祕書官鄭虎聲的審理過程中，檢方也提出科學根據，詳細說明並確認我們所報導的平板電腦並無可證性方面的問題。若身旁親友對此質疑，各位可以光明正大地予以否認。若親友依然不被說服，一般而言，只要舉出幾個假新聞的例子，對方就能理解。

針對我及我家人的謠言也一樣，他們的主張沒有一項是正確的。我想我沒有必要在此贅述細節，但各位回應有關我個人的謠言時，若碰到困難，可以單獨來信。

從去年十月起，時間似乎變得特別漫長，這個冬天對所有人而言都很難熬，但正如春天終將到來，我們所面臨的問題也會迎刃而解。現在為各位送上新年賀詞可能遲了些，但在此，我仍要祝福中央傳媒集團的各位同仁，新的一年身體安康，日日如意。

對孫石熙而言，那個冬天確實特別難熬。許多人拿放大鏡檢視他，身為JTBC新聞負責人，只要一個報導、一個句子出差錯，公司就可能面臨衝擊。不僅他位於平倉洞的住家周圍瀰漫著一股「要將孫石熙置於死地」的恐怖威脅氣息，朝野上下也針對總統被罷免與否，處於隨時可能決裂的緊繃狀態，廣場上的群眾也分為燭光集會與太極旗集會兩派。孫石熙就站在這一連串風暴的中心。

五年前，我曾被TV朝鮮提起刑事告訴，雖然只是個平凡案件，警方與檢方進行調查後決定不起訴，但事情落幕前的數個月，我總是一面認為自己必將勝訴，一面又感到不快且憋悶。相較於我的經驗，孫石熙的處境更加難受。

或許正因如此，二〇一七年三月初，總統確定被罷免前夕，我見到的孫石熙看起來憔悴許多，以至於不忍開口詢問他的感受。同年初，我與MBC《PD手冊》前製作人見面時也談到孫石熙。他說：「任何人處於孫石熙現在的處境，應該都會壓力大到五臟六腑全部融化吧。」這樣的比喻雖然嚇人，卻十分傳神。

孫石熙最終戰勝了那個對所有人而言都很難熬的冬季，迎來了春天。

二〇一七年三月十三日，憲法法院宣布確定罷免朴槿惠後的第一次〈主播簡評〉，孫石熙於結尾時說：「真相是純粹的，所以美麗。我們需要做的，不就是鼓起勇氣去守護真相嗎？」

孫石熙談平板電腦報導後的框架爭議

孫石熙在廣播電視學會例行學術大會演講時，談到播出〈崔順實平板電腦〉報導後，他在總統彈劾案風波期間經歷的煩惱及困境。以下摘選他演講的重要內容，有助於理解朴槿惠總統彈劾案風波期間，孫石熙新聞學的運作方式[8]：

有傳聞說，我們早已知道（十月二十四日）會提修憲，所以事先就準備好（平板電腦的報導）了。事實上並非如此，我們也很驚訝那天提了修憲。

籌備新聞期間，我們對報導框架有過一番苦惱，也想過到底該如何稱呼這個事件[#]：崔順實國政介入事件？崔順實國政壟斷事件？崔順實門？朴槿惠—崔順實門？一開始，我們決定稱「崔順實國政介入事件」，後來改稱「崔順實國政壟斷」。我們認為「門[##]」這個用詞比較含糊。

\# 本書將事件統一稱為「崔順實干政」，但為呈現原文差異，此演講內容皆採漢字直譯。

\## 「××門」為公眾強烈關注的事件、醜聞的代名詞，典出「水門案（Watergate）」，此後「-gate」被收錄為英語的構詞後綴。

十月二十四日報導播出後，許多市民開始在廣場上集會，所謂「彈棄國#」也在這時壯大，我們又面臨了命名上的煩惱。我們決定稱（彈棄國的集會）為「親朴團體集會」。有人認為不應稱「親朴團體」，但也不太能稱為「太極旗集會」，因為美國國旗也出現在裡面（笑）。也不該稱為「愛國勢力集會」，因為我也是愛國勢力。

部分媒體將出現贊成彈劾與反對彈劾兩派的現象稱為「民意分裂」、「國民衝突」，但公司內部討論決定不使用這些詞，因為「產生衝突與分裂」的說法是反對彈劾派使用的框架。

事實上，有七成五到八成的人贊成彈劾。令人驚訝的是，從事件爆發到朴槿惠被彈劾，贊成彈劾的比例一直都維持在七成五到八成。如果認同民意調查的社會科學根據，就會難以同意「民意分成兩大派」的說法。也有專欄指出，這是自實施憲政以來，民意首次達到如此高度一致。

那樣的框架脫離現實，所以我們拒絕使用任何表示（彈劾贊反）為兩大派的用詞及新聞畫面，而是將比例定為七比三。但是，只以數量觀之就能作出公正報導嗎？何謂偏頗呢？我們沒有必要贊同彼此使用的框架。

\# 總統彈劾棄卻國民總崛起運動本部，由愛朴會、媽咪部隊、爹娘盟等35個團體，於2017年組成，主要訴求為「憲法法院駁回國會彈劾朴槿惠的決議」。

要將燭光集會的群眾稱為「公民」還是「國民」？我們也苦惱過，最後JTBC《新聞室》決定稱「公民」。我們常說自己生活在一個以理運作的公民社會（civil society）中，我們的基本哲學為替這個社會發聲。無論如何，我們都認為這次事件不是「國家與國民」，而是「國家與公民社會」間產生衝突矛盾，而引發了問題。

燭光集會的框架為「這是國家嗎？」，其中含有公民對國家的失望，後來發展出「護憲」主張。同時，「世越號的七小時」成為一大重點，讓身為事件核心主體的多個團體形成連結。「藝文界黑名單」也是牽涉到憲法的問題，雖然有些人認為又不是只有這個政府這樣做，不那麼在意，但我們非常重視。任何欲揭發內幕的報導只能在具備合理的懷疑根據時才能進行。總統是否接受醫美的風波裡，我們也是針對那些普通的照片進行確認後才播出。我們認為，在允許合理懷疑的前提下，那是可以報導的。

面對（彈劾風波裡）那些以假消息為本的政治攻擊，我們也不得不想辦法阻止，因為那樣的攻擊非常多，且不斷發生。我們兩次在新聞中反駁「平板電腦偽造說」，表示偽造說是利用假新聞，將「干政事件」的框架變成「媒體意圖顛覆政權」。我們受到大量攻擊，我彷彿又被綁上警繩一樣不斷出現在大眾面前（笑）。

這次事件值得深入探究。雖然我們忍耐一段時間後採取了法律手段，但結論很久後才出爐。要是什麼都一一回應，也會面臨極限，（偽造說）背後有龐大的力量及資源。這讓我了解到討論重大議題時，新聞本身可能遭受到大量的打擊。

洪錫炫突然下臺

二〇一七年三月十九日，中央傳媒集團會長洪錫炫突然向員工發出內部郵件，表示他將辭去會長一職。對當時孫石熙的《新聞室》而言，洪錫炫的辭職比邊熙宰等人不停找碴帶來更大的危機。洪錫炫擁有龐大財力，與三星集團家族有姻親關係，人脈遍及進步派、保守派、國內外，更持有信賴度第一的電視臺及銷量第二的報社，因此外界都關注他未來的動向。

洪錫炫在十九日發給員工的電子郵件裡表示：「身為一個國民，經過長考後，我決定為大韓民國的未來盡一點綿薄之力。我將離開奉獻將近一生的中央傳媒集團，去實踐我洪錫炫能夠做、必須做的事。」洪錫炫很早之前就有意從政，他的辭職之舉自然被解讀為即將踏入政壇。

隔天《中央Sunday》的訪談，洪錫炫以對答形式表達對時局的看法：「看著〈崔順實平板電腦〉報導成為大韓民國歷史上的重大事件，我感觸特別深，一開始真的沒想到報導會引發總統彈劾案。」關於以後媒體的角色，他認為：「媒體應該展現愛國心，而非一直強調負面面向；應該放眼未來，而非執著過去。彈劾案風波期間，群眾分成燭光集會與太極旗集會兩派，媒體也要為此反省。」他舉例：「朴槿惠接受的醫美是不是埋線拉皮，這種細節有必要報導嗎？導致保守派開始質疑媒體對總統過度窮追猛打，才會反彈。」

關於他即將選總統的預測，洪錫炫表示：「或許是因為我平時過於關心國事，才讓外界預測我有意參選吧！」他既未承認、也未否認，反而提到他想在《中央日報》以外，試著解決教育、青年失業、企業管理結構、韓中磨擦等問題，並希望成立以官、學界人士為主的專案小組。

外界對洪錫炫的諸多揣測，大部分歸因於他本人。二〇一六年八月中旬，《朝鮮日報》社長方相勳向青瓦臺民政首席祕書禹柄宇開砲時，洪錫炫卻跑到海參威等俄羅斯遠東地區考察，並提議「保守派與進步派針對對北政策，共同協議出超越黨派的原則」。

洪錫炫將選總統的說法目前具有多少可信度？我一直都認為洪錫炫參選與孫石熙參選一樣，都不太可能發生。洪錫炫從很早就明顯對持有媒體一事失去興趣，二〇一六年《中央日報》慶祝創刊五十週年時，洪錫炫便將一大部分《中央日報》及JTBC的經營權轉移給兒子洪正道。

洪錫炫關心的是「將來的權力」，他曾以韓半島論壇顧問身分前往中朝邊境考察，以韓國棋院總裁身分頒發榮譽九段證書給AlphaGo，並擔任與安熙正、李光宰等人關係密切的民間智庫「與時齋」理事之一，主辦網羅進步派與保守派人士的聚會。總統大選前，洪錫炫也透過《中央日報》與JTBC的報導，自封為造王者（kingmaker）。

洪錫炫是有親日經歷的司法界人士洪璡基的兒子。洪璡基受到三星集團創辦人李秉喆青睞，掌管《中央日報》與東洋廣播公司（TBC），與三星可謂同體連心。

洪錫炫的妻子申硯均，其父申稙秀在朴正熙執政時期掌握司法權力。洪錫炫畢業於首爾大學電子工程學系，於全斗煥執政時期在財務部長祕書室、總統祕書室工作過，後來當上三星康寧公司副社長，一九九四年起擔任《中央日報》社長。二〇〇五年，國家安全企畫部竊聽小組曾錄下一九九七年總統大選前夕，洪錫炫與三星集團副會長李鶴洙的對話，其中談到賄賂檢方及提供非法政治資金等內容。

洪錫炫將《中央日報》與JTBC直接傳給兒子洪正道，卻同時談論著窮二代的悲劇，呼籲年輕人要懷抱希望。談到李在鎔被拘留一事，他認為：「這不能擴大為過於強烈的『反企業』情緒，否則將危害我們的社會。」

這些例子應該都足以說明洪錫炫不可能成為總統候選人的理由，事實上，洪錫炫也從未登記參選過。前《Pressian》記者金河英便曾指出：「洪錫炫所懷有的善意，永遠無法超越他的存在本身。」

我們不爲特定人士或集團存在

當時，媒體不僅關注洪錫炫的下一步，也好奇孫石熙將如何應對。我認為，孫石熙無論如何都應該發表他對洪錫炫的立場，但若以新聞報導的形式發表，無論內容如何，一定都會招來批評，所以我預測他會以具有新聞評論性質的〈主播簡評〉回應。理由有以下幾點：

若採直述報導形式：「洪錫炫會長辭去中央傳媒集團會長一職，他表示將為了國家而推動上述事項。但他指出，參選總統的說法並非事實。」由於報導內容等於是談論洪錫炫個人，即使JTBC再怎麼以乾稿#形式快速帶過，也會被批新聞私人化。再者，報導未明言洪錫炫的未來動向，也會遭受批評。

若以批判性角度報導：「洪錫炫會長身為三星集團特殊關係人及報社、電視臺等媒體持有人，他的決定很難不被質疑是在利用媒體作為政治工具。」如此孫石熙等於是在對三顧茅廬並聘用自己的會長背後捅刀，也會導致JTBC與《中央日

指沒有配合的新聞畫面，只由主播口頭播報新聞。

報》內部員工產生一定程度的反感，讓自己陷入險境，甚至可能被進步派陣營批評「避重就輕」、「力道薄弱」。

若以正面角度報導：「洪錫炫會長的國家議程提案『Reset Korea』含有『位高則任重』的精神，他表示未來將為國家與社會貢獻自己的餘生。」可想而知，孫石熙會同時受到進步派與保守派兩個陣營的批評：「看來在老闆面前，孫石熙一樣沒有辦法。」

想必孫石熙也認為無論怎麼報導，都將對《新聞室》造成嚴重損害，所以他最終選擇了全然屬於他的空間——〈主播簡評〉。為了度過危機，他決定賭上JTBC一直以來累積的觀眾信賴感，從「新聞學」角度切入並正面突破。三月二十日《新聞室》〈主播簡評〉，可看出孫石熙新聞學的核心精髓，以下列出全文：

資本主義社會裡，新聞媒體不僅身處公領域，也處於私領域。在私領域的同時，也要擔任公領域的角色，從經驗來看，這是很難做到的。要維持廣告收入，又要批評廣告業主，也要批評能影響媒體存亡的政權。在某些情況下，這可能很不容易做到。若是剛成立沒多久的新聞媒體，所作的批判更可能直接危及自身存亡，所以處境也更加艱難。

過去幾年來，每當ＪＴＢＣ要報導大企業弊端、尤其是大部分人認為與ＪＴＢＣ關係特殊的某特定企業時，或是率先向穩如泰山的政權提出批判時，我們都不敢說自己從未遲疑過，因為我們提出批評後都會引來龐大反彈，沒有一次例外。那麼，新聞學該如何被實踐？新聞媒體自誕生的那一刻起，就必須面臨這樣的苦惱。新聞工作者有時不免會因此受挫，但有時也能克服挫折，度過難關。

至少在我們看來，新聞媒體應該站在國家與公民社會兩者的中間，扮演橋樑的角色，替理性的公民社會向國家發聲，也為公民社會帶來真相。這聽來或許像教科書裡的教條，卻是新聞工作者據以克服挫折的目標與理由。我們曾多次藉由這個單元向各位坦述新聞媒體的現狀，但同時，ＪＴＢＣ也是藉由這個機會提醒、鞭策自己。

從上週末開始，ＪＴＢＣ成為某些人議論的對象。最令人痛心的是，我們一直以來努力秉持的真心也遭受誤會與詆毀。但我們可以明確告訴各位——我們不為特定人士或集團而存在。

無論時代再怎麼改變，如同教科書所示、獲得所有人認同的新聞學都會是正確的，而且不會為了特定人士或集團而存在及服務。若我和記者們，以及ＪＴＢＣ所有員工能感到自豪，那是因為我們一直以來都願意承受外界的所有壓力，守護我們希望追求的新聞學。我雖能力尚有不足，但身為以上新聞學實踐的總負責人之一，若不能負起責任，我想我也不配作為負責人站在這裡。

雖然這天的孫石熙彷彿在講解生硬的新聞學理論，但他止在向所有喜愛JTBC《新聞室》的閱聽眾喊話：「我們可以明確告訴各位，我們不為特定人士或集團而存在。」藉此明確簡潔地與自家會長畫清界限。孫石熙將這項任務留給了自己，刻意不讓報導局記者來承擔。

而且為了加重語氣，孫石熙賭上了他的社長職位，表示JTBC報導局若因洪錫炫而出現動搖，他便立刻辭職下臺。由此可見孫石熙心思之縝密，他不僅告訴節目支持者，因洪錫炫而對JTBC的新聞「起疑」是不恰當的，更向節目支持者表示，若他無法說服各位，可能就會辭職離開，以去除他們心中的疑慮。孫石熙等於是利用自身所處的危機，促使節目支持者更加凝聚，也讓那些將洪錫炫與孫石熙綁在一起批評的人開始面臨反駁——「是想看到孫石熙離開JTBC嗎？」

孫石熙那次的〈主播簡評〉不僅讓報導局免於受到傷害，也再次強烈展現出他對新聞學的信念。

洪錫炫離開的眞正原因

有人認為，洪錫炫之所以辭職，是因為三星電子副會長李在鎔被拘留後，洪錫炫的姐姐洪羅喜（三星電子會長李健熙的妻子）等三星集團家族人士，不滿《中央日報》與JTBC的報導，洪錫炫為了解決家族失和，便辭職以示負責，後來這項主張也顯現出說服力。

《時事週刊》報導，爆發總統彈劾案風波後，三星集團內部便有傳聞，副會長李在鎔因為《中央日報》與JTBC的報導攻勢感到憤怒，且對舅舅多有不滿，連帶與母親洪羅喜也產生了矛盾。在這樣的背景下，掌管三星美術館Leeum與湖巖美術館長達二十二年的洪羅喜，在二〇一七年三月六日突然宣布辭去兩個館長的職位。兩天後，洪羅喜的妹妹洪羅玲也辭去三星美術館副館長一職。

有人分析，洪羅喜自願辭職除了要安撫兒子李在鎔對舅舅洪錫炫旗下媒體的不滿，也是為了向洪錫炫間接施壓。二月十七日李在鎔被拘留，洪錫炫與三星的關係很可能已經大幅惡化。

三星不滿洪錫炫不是沒有原因的。JTBC在二〇一三年獨家報導三星去工會策略文件，並採訪三星職業病受害員工黃宥美的父親黃尚旗；也在二〇一五年MERS疫情期間，譴責三星首爾醫院的應對能力；二〇一六年底，李在鎔在國政調查委員會聽證會上的含糊答辯，也被JTBC強烈批評。JTBC播出報導並獲得社會關注後，光化門廣場燭光集會也開始在吶喊「朴槿惠下臺」之餘，要求「拘留李在鎔」。

雖然三星在官方網站上否認與洪錫炫有矛盾，表示是「毫無根據的傳聞」，但似乎不符現實。前《中央日報》高層人士提到：「據說去年李在鎔曾向母親強烈反彈『可否請舅舅收手』、『為何一直把問題搞大？』」

一名《中央日報》匿名人士指出：「有傳聞說，洪錫炫辭職前兩週開始，三星集團家族就一直對《中央日報》表達強烈不滿。三星那邊要求，既然李在鎔已經負起法律責任，導致事情發展至此的《中央日報》也該有所行動，以示誠意。洪錫炫辭職就是這樣來的。[9]」

由此可推測，李在鎔被拘留時，「李在鎔與洪羅喜—洪羅喜與洪錫炫」這兩層關係的矛盾到達最高點，導致洪羅喜與洪錫炫接連辭職。另一方面，三星的廣告贊助也大量銳減。內部消息指出，自二〇一六年起，JTBC的三星廣告便急遽減少，二〇一七年則幾乎都沒了。

也就是說，我們可依照常理推斷當時的情形：兒子被拘留，洪羅喜決定卸下職位，而洪錫炫為了避免自己與洪羅喜、三星的關係破裂，決定代替孫石熙，自行下臺。我無意將洪錫炫譽為守護新聞自由的鬥士，但不可否認的，他至少有信有義地保護了他親自聘請的人。

洪錫炫辭去會長後，也談到李在鎔被拘留：「畢竟是血濃於水的外甥，我當然心痛。長期處於韓國文化與官商勾結的風氣下，要一直拒絕（青瓦臺的）脅迫性要求應該很辛苦、很難做到吧。」展現出積極維護外甥的一面，而且這段話，很可能是在向洪羅喜等三星家族表達和解之意。

幾天後，洪錫炫見了當時的共同民主黨總統候選人文在寅，並揭露朴槿惠曾對報導進行施壓。洪錫炫與孫石熙，各自踏上不同的道路。

氣急敗壞的朴槿惠，要李在鎔換下孫石熙

二〇一七年四月十六日，世越號船難三週年，洪錫炫在YouTube上揭露青瓦臺曾對JTBC施壓：「〈崔順實平板電腦〉報導播出後，政府威勢減弱，所以沒有直接施壓。但那之前曾經具體施壓過五、六次，其中兩次來自總統。」施壓內容是有關孫石熙的去留。

洪錫炫回想當時：「身為一個媒體持有人，我個人也曾因為牽涉政治事件歷經痛苦，那時我確實感到威脅，但因外界施壓就換掉主播，我的自尊心不容許這麼做。這種事早已不符合這個時代，我堅信二十一世紀不能再發生這種事，所以決定不予妥協。」此為首次有媒體持有人公開坦言曾遭朴槿惠施壓，也與先前媒體猜測JTBC曾受政權有形、無形的打壓吻合。

我也能舉出另外一例。二〇一六年二月，朴槿惠與李在鎔進行一對一談話時，其中有一半內容為朴槿惠要求換下孫石熙，李在鎔的律師團在二〇一七年四月十

九日的公開審理過程中也如此提出，我也從中央傳媒集團內部聽聞：「李在鎔對朴槿惠表示：『洪錫炫不會接受（讓孫石熙辭職的要求）』，並面露難色，朴槿惠便要求李在鎔抽掉三星的廣告。」我於四月十八日獨家報導洪錫炫的爆料及朴槿惠與三星抽廣告的施壓行為，成為當天Naver與Daum點閱率最高的報導，讀者都認為「該爆的終於爆了」。

洪錫炫的證詞指出，當某新聞媒體的報導不合總統朴槿惠的意，她便會叫來與該媒體持有人有特殊關係的企業掌門人，要求他施予財政上的打擊，藉此換下該媒體的新聞負責人，顯示出朴槿惠完全不在乎保障言論自由的國家憲法，手段與她的父親頗為類似。

不過，洪錫炫也與他的父親頗為類似。一直到朴槿惠徹底垮臺、幾乎確定政權即將交替後，洪錫炫才揭發朴槿惠曾經施壓的事實，而且他的指證也是為了在李在鎔的審判中，證明三星金援崔順實與鄭幼蘿並非賄賂，而是受脅迫所致。除了救李在鎔，也隱含建立與下任政府之間情感基礎的盤算在內。我無意貶低洪錫炫當天自白所含的公共價值，但我無法盡情給予他掌聲的原因也在於此。

第十九屆總統大選候選人，接受孫石熙的壓力面試

因朴槿惠被罷免而提前舉行的第十九屆總統大選，在選戰期間，孫石熙變成「狠」名遠播的面試官。總統候選人紛紛為了勝選而上JTBC《新聞室》，如同參加資格考般接受孫石熙的壓力面試，他們都有心理準備，會被孫石熙問得體無完膚。在孫石熙的「大選面試」裡嘗到苦頭的人，最後只好抱憾退出選戰。

二〇一七年二月二十日，前忠清南道知事安熙正接受《新聞室》訪問，二十多分鐘裡不停被問到他已經來不及收回的那句「朴槿惠、李明博都是懷著善意參政，卻未遵守法律制度」，其「善意」所指為何。安熙正雖然提出「統攝」（consilience）的哲學概念，仍無法成功說服孫石熙及社會大眾。

安熙正的支持率原本達二十%，接受孫石熙採訪後便開始急遽下滑，最後於共同民主黨黨內初選中落敗。安熙正曾於四月五日的忠清南道政府晨會表示：「在孫石熙的《新聞室》受到羞辱。」

在現場直播的訪談裡，孫石熙會不斷重複問類似問題，直到疑惑解開，也促使受訪者流露真實反應。二〇一六年十一月二十八日，共同民主黨總統候選人文在寅就在《新聞室》裡被孫石熙問了九次：「朴槿惠立刻辭職的話，不就代表要提前舉行大選？」

二〇一七年四月三日，文在寅於共同民主黨黨內初選勝出，孫石熙當天立刻與文在寅進行視訊採訪：「國民之黨認為本次大選將會是文在寅對上安哲秀的兩強對決，您怎麼看？」

第二個提問針對了文在寅兒子就業的特權爭議：「雖然您曾表示希望外界不要再追究，但十多年來爭議一再被提起，難道不是因為您過去的解釋不夠清楚嗎？」

第三個提問為：「對方陣營認為您的國安政策令人擔憂，您如何回應？」

二〇一七年四月四日，安哲秀於國民之黨黨內初選勝出，孫石熙也在與安哲秀的視訊採訪中問道：「您認為（大選）會是一對一的對決，但事實上還有其他候選人在，您是認為在不經過整合的情況下就會是一對一嗎？」

也問道：「您說的『國民創造出來的聯盟』指的是？」

更問及：「有人指出您在光州的競選活動有違法嫌疑，您目前的了解是？」

安哲秀答：「若發現有違法，將果斷進行處理。」

孫石熙似乎認為他的解釋不夠充分，將同一個問題重複了三次，更一度表明：

「若是事實，這與您主張的新政治之間有很大的距離。」

但安哲秀依然只答：「會果斷進行處理。」以同樣的回答重複了三次。孫石熙便道：「您好像還不是很了解詳細情況，我們也無法再問下去。」

面對代表進步派陣營的總統候選人，孫石熙一樣提出犀利提問。

二〇一七年二月二十三日，孫石熙向共同民主黨黨內初選候選人、城南市長李在明問道：「您（的激烈言論）是很直爽，但有人認為您不適合當總統。您要如何證明您比文在寅具有更大的優勢？」

二〇一七年二月二十八日，孫石熙問正義黨總統候選人沈相奵：「這是您第三次投入總統大選，您會競選到底嗎？事實上，您距離當選似乎還有一段差距，依然選擇參選的理由是？」

沈相奵不禁回答：「您說得好像選舉結果已經出來了似的，實在讓我有點難過。」孫石熙便馬上表示收回提問並道歉。這類提問其實也是記者都想知道、卻難以開口的敏感問題，因為可能會讓受訪者不想再接受自己的訪問。

應對孫石熙壓力面試的方法與策略當中，自由韓國黨總統候選人洪準杓的「自暴自棄」也是其中一種。

二〇一七年四月四日，洪準杓接受孫石熙訪問時頻答「網路上找得到答案」，甚至胡言亂語：「這麼久沒見面，應該說點好聽的吧，怎麼一直追問呢？別念編輯寫的問題了，輕鬆一點吧！」當天的挑釁之舉雖然是為了凝聚更多不喜歡孫石熙的保守派人士，卻也讓洪準杓於四月七日的韓國蓋洛普好感度調查中，登上反感度第一名（七十七%）。

二〇一七年四月十一日，國民之黨黨魁朴智元於《新聞室》受訪。國民之黨反對部署薩德，該黨總統候選人安哲秀卻贊成部署薩德一事，成為孫石熙關注的重點，當他問道：「是根據選情有利或不利而可以隨時更改的嗎？」

朴智元答：「您總是以偏灰色的角度審視我們，沒有必要這樣。我不懂JTBC為什麼只對我們國民之黨這樣窮追猛打。」

但孫石熙無所動搖：「您為何這麼認為？我們也很關注共同民主黨的問題。」

＊＊＊

每當播出孫石熙訪問總統候選人時，該候選人的核心支持者或陣營相關人士往往會感到很焦慮，並認為孫石熙偏頗、過於執著且帶有攻擊性。但反過來看，孫石熙的提問都是對立陣營強烈希望知道的內容。

二〇一七年四月五日，《新聞室》〈事實查核〉探討了文在寅兒子就業的特權爭議，隔天同一單元則探討了安哲秀妻子教授職聘用特權爭議，展現出JTBC特有的新聞學。

一份監督電視臺報告書指出：「KBS與MBC選擇以『不斷提出新的質疑』代替『查證』，JTBC則持續提供對候選人進行查證的報導，令人刮目相看。[10]」而民調機構Research View於四月實施「最公正報導大選的電視臺」調查，有四十六・三%的受訪者選擇JTBC，壓倒性的勝過第二名的KBS（十%）。

不過，JTBC也出過差錯。報導總統候選人支持率的圖表多次出現錯誤，孫石熙便在四月二十日〈主播簡評〉向閱聽大眾道歉：「一開始出現幾次失誤時，報導局就應該好好反省，沒能做到這點完全是我的疏失。」坦承地尋求原諒，反而增加觀眾對他的信賴度。

四月十日，《新聞室》幕後解析單元〈社群直播〉，孫石熙談到：「經過查證後，沒有媒體會說哪個候選人是絕對優秀的，同時被兩派陣營的人罵是媒體的宿命。」

孫石熙也在四月十二日的〈主播簡評〉反問：「每逢選舉季或發生重大政治事件，新聞媒體就會遭受各方人士攻擊，但我們只能繼續堅持地問下去。仔細想來，之所以導致今天這樣的情況，不就是因為過去四年來，媒體都未能好好提出疑問，或者問了也被冷眼以待嗎？」這句話，想必讓許多未能好好提問的記者感到慚愧。

二十世紀美國專欄作家兼傳播學者李普曼（Walter Lippmann）曾說：「我們不

是先看再下定義，而是先下定義後才看。」此即「刻板印象」。刻板印象也在人們接收新聞的過程裡一再重現。觀看KBS報導、《朝鮮日報》頭版新聞、《韓民族日報》社論等新聞資料時，我們總會先定義該媒體的政治傾向、所有權結構、其與特定候選人的關係，再開始閱讀。這樣的偏見變成個別記者難以突破的障礙。

相反地，JTBC《新聞室》將「不支持特定候選人，會向每一位候選人提出敏感問題」的新聞學原則化為大眾對自己的「刻板印象」。因此，人人都仰賴孫石熙的報導，孫石熙也成為一名「狠」名遠播的大選面試官，以作為回報。

十多年來，孫石熙堅持拒絕來自政治圈的甜美誘惑，並未成為政媒兩棲人士，也不與受訪者建立私人交情或尋求任何回報，他的人生所具備的份量，讓他有能力對總統候選人展開一場大型壓力面試。

＊＊＊

四月二十五日，JTBC播出第十九屆總統大選候選人辯論會，創下有線綜合臺有史以來的最高收視率十五．七％（一、二節合計，韓國尼爾森付費收視戶基準）。此前三次的候選人辯論會都上演了惡性競爭，但這天的辯論會，主持人孫石熙有效把關辯論主題，讓各大候選人首次能針對重大政策展開一場真誠且專注的辯論。

整場辯論會中，特別能感受到孫石熙的威信。第二節的共同提問階段，洪準杓主張：「表明自己當選總統後希望任用誰，會觸犯選舉法第兩百三十條。」辯論會結束前，孫石熙便轉述中央選舉管理委員會的官方解釋「不違反選舉法」，為觀眾進行了事實查核，令洪準杓顏面頓失。

當洪準杓與文在寅針對前總統盧武鉉的祕密資金爭議展開激烈的言辭交鋒時，孫石熙多次介入緩頰並掌控局面；辯論會過程中，孫石熙也會突然說：「各位候選人都同意的話，要通宵辯論也是可以的。」緩和辯論會的緊張氣氛。

有人分析，為了維持候選人間的公正性，孫石熙再三強調辯論的基本規則，尤其是「辯論政策」的基本方針，所以從頭到尾杜絕了惡性競爭的發生。也因為候選人都認同主持人的權威，才能有這樣的發展。

值得一提的是，當天文在寅表示他若當選，將推動「內閣國民推薦制」以打造新政府，並說：「如果孫社長您獲得國民高度推薦的話，希望您不會推辭。」

只見孫石熙毫不留情地表示：「我會謝絕的。」

若孫石熙離開JTBC，終點會是MBC

二〇二二年總統大選時，某民調專家告訴我，最優秀的總統候選人會是時事節目主持人。時事節目探討社會所有議題，各領域專家也會在節目裡提出贊成與反對意見，時事節目主持人必須充分理解贊反兩方立場，並具備維持平衡及提出對策的能力。

孫石熙長期主持《一百分鐘討論》與《視線集中》，深度了解韓國社會的矛盾與衝突，大概沒有一個議題是孫石熙未經手過的。能針對任何事情向專家提出好問題、展開辯論、達成妥協，這些都是總統候選人必須擁有的能力。但目前為止，尚難以在韓國社會裡見到具備這些能力的總統候選人。

洪錫炫辭職事件再次提醒世人，總有一天孫石熙會被迫辭去JTBC報導總括社長職位，這讓許多人好奇孫石熙未來的發展。在光化門廣場的集會裡，曾有市民高喊「推舉孫石熙當總統！」但可以確定的是，孫石熙絕對不會踏入政壇。

ＪＴＢＣ的弱點為擁有一名老闆。當一家媒體的上頭有一名老闆，便伴隨著相應的風險。洪錫炫若正式步入政壇，ＪＴＢＣ報導局必將面臨一場風波。關於洪錫炫，無論是批判、正面、輕描淡寫的報導，甚至完全不報導，都會有問題。若發生這樣的情況，孫石熙很可能會離開ＪＴＢＣ。此外，若洪錫炫決意改變ＪＴＢＣ報導的論調，孫石熙也會離開。

孫石熙離開的話，ＪＴＢＣ會發生什麼變化？一名年輕記者表示：「孫社長常常說他一身輕，意思是他隨時都可能離開。就算孫社長離開ＪＴＢＣ，基本上ＪＴＢＣ也會繼續保持現有的論調。」但問題不在於報導的論調，這樣說對ＪＴＢＣ記者雖然有些抱歉，但大眾並不是因為ＪＴＢＣ新聞屬於進步派而選擇收看，而是為了從孫石熙的視角看新聞。

我認為，假使孫石熙辭職，《新聞室》收視率至少會掉一半以上，最重要的是，一直保持沉默的保守派主管可能將再次掌管報導局。所以我不敢斷言ＪＴＢＣ能否長期維持現有的報導論調，況且ＪＴＢＣ至今還沒有自己的工會。

考量到孫石熙的歲數，ＪＴＢＣ很可能成為他所待的最後一個公司，若他能一直待下去，他坐在主播臺的時間可能會比人們預料的更長。華特克朗凱七十多歲時都還坐在主播臺上。《新聞室》體制若沒有「第二個孫石熙」，也將難以維持下去。孫石熙認為主持節目是件愉快的事，這樣的正向思考讓他長期主持的可能性大增，甚至讓某些臺內記者認為未來十年內都會是輕鬆美好的。另一方面，孫石熙正在努力培養下一個孫石熙，且樂觀看待JTBC未來的發展：

「（以後）很難出現第二個同時擔任主播及報導總括社長這個特別職位的例子，但這應該不要緊。重要的是，能否讓《新聞室》四年來的形式與內容繼續維持下去。從這個角度切入，我的看法不那麼悲觀，我相信未來能夠繼續維持下去。（接替我職位的）接班計畫已經在我的腦海中進行，接班人自然會出現的。我不知道自己會在什麼時候離開。不過我心中已經有一個人選，如果他做得好，我們節目的形式不會出現變動的。[11]」

＊＊＊

這個社會依然十分需要孫石熙，假使有一天孫石熙要離開JTBC，加入另一間公司，而那間公司依然是新聞媒體，孫石熙仍舊懷抱新聞工作者使命的話，我認為孫石熙最後必須選擇、也只能選擇MBC。

孫石熙是MBC人，誰都無法否認MBC是他的故鄉。若MBC後輩多次出面懇求孫石熙協助MBC正常化，或許孫石熙會為了他貢獻青春歲月的MBC，接受這「最後的任務」也說不定。不過，要孫石熙單單為了「協助MBC正常化」

就離開JTBC不太可行，因為他是構想出《新聞室》的人。

二〇一六年底，我於首爾市上岩洞見到一名在MBC資歷超過二十年的製作人。他認為，若實現政權交替，首要工作是拯救MBC跌至谷底的聲譽，重建公正報導的體制，且應該請孫石熙來擔任MBC社長。

由於MBC過去四年史無前例地「只聘任具工作經驗者#」，即使實現政權交替，極右保守派仍然很可能在MBC內部擴張勢力，公民社會可能永遠找不回以前的MBC。

MBC員工深知，讓收視率、信賴度皆跌到最底的MBC起死回生的最快方法，是將MBC新聞學的象徵人物孫石熙再次請回來。最需要孫石熙的地方，是他的故鄉。

MBC在2013～2017年未聘用任何應屆畢業生，只聘用291名具工作經驗者，填補2012年罷工後的職位空缺。當時高層刻意聘用相同出身背景且順從主管的人，被認為是在打壓工會。

孫石熙的故鄉，已成廢墟

「無論是哪一方，輸了就會徹底崩潰。」

二〇一二年，全國媒體工會MBC分會要求公正報導的罷工滿一百天，未參與罷工但深有同感的MBC某本部長如是說。他擔心罷工的長期抗戰最終定為MBC帶來悲劇性結果。這天之後，我也沒能再見到他。

但他的預言成真了。

MBC高層找來其他人填補報導局的人力空缺後，悲劇便展開。二〇一二年，MBC社長金在哲聘用了三十多名約聘制的內外部臨時記者，隔年在他離任前，將約聘制記者都轉為正職。二〇一三年春，孫石熙離開MBC後，其內部開始衰敗，且變得更為慘澹。

二〇一六年十一月十二日，要求朴槿惠下臺的百萬燭光集會裡，每當有JTBC採訪車經過，人們便報以掌聲與歡呼。但同天播出的MBC《新聞平臺》

裡，只見MBC記者站在燭光集會現場進行報導，手中卻拿著沒貼上MBC臺標的麥克風，這樣悲慘的畫面，為MBC內外都帶來了衝擊。MBC彷彿倒退至三十年前。

二〇一二年一月三十日至七月十七日，MBC記者展開橫跨冬、春、夏三季的一百七十天罷工，但罷工結束後的五年內，他們卻慘烈地一個個倒下。

過去，MBC記者享有穩定的工作環境、工會的強力保護及高獨立性與自主性等重要新聞學價值，他們曾是大韓民國最令人欽羨的一群新聞工作者。但如今，那些參與過罷工的記者不僅被迫做著毫無意義的工作，還要擔心自己有一天被認為是多餘的而遭解僱，每天都過著不同以往的卑微生活。

要求公正報導並參與罷工的MBC記者，自金在哲任期起開始遭受打壓。有論文研究了二〇一二年後，MBC經營高層透過員工轉調、聘用、升遷、懲戒、教育訓練等所有人事管理手段，向員工施以心理與情緒性侮辱與虐待的問題。參與過罷工的MBC記者林明賢分析了MBC記者的自我疏離感：「與其說是心中的希望消失了，不如說是變得不相信希望了。」[12]

MBC在李明博執政期間展開了五次罷工，是阻止政府掌控媒體的抗爭最前線。但一百七十天罷工結束後，MBC再也無法發動罷工，經營高層使出大規模解僱、停職、強迫待命等懲戒手段，並調走與經營高層起衝突的工會成員。MBC工會指出，罷工後至二〇一六年底，遭受不當懲戒處分的受害者約一百一十人，罷工前後的勞資爭議訴訟件數達八十二件。其中，工會勝訴率有八十二%，主張不當懲戒的勝訴率有九十四%。

MBC大量聘任具工作經驗者，將他們安排在報導局。工會指出，二〇一三年聘用五十二人（含二〇一二年臨時記者轉為正職）；二〇一四年聘用八人；二〇一五年聘用十人；二〇一六年九月止聘用十二人，總共八十二人，此規模等同於整個報導局換了一批新血。若計入經營部等其他部門，罷工後聘用的具工作經驗者共達兩百三十多人，意即參與罷工的MBC工會成員裡，有兩百多個職位讓給了這些人。

透過無止盡的訴訟及大量聘雇具工作經驗者來實行管控，在二〇一二年前的MBC從未發生。工會要求金在哲下臺失敗，導致抗爭動力惡化後，勞資均勢的局面不再，MBC便出現如同軍事獨裁時期的舊體制。MBC記者林明賢以「缺乏人性的人事管理」概念分析這個情況，手段包含侮辱、指派過多業務、排擠、派至遠處等。

罷工結束後，有三十到四十名記者被踢出報導局，且被迫調職，大多被分派至京仁分社、新媒體開發中心、新事業開發中心、未來傳播研究中心、媒體策略局、廣告局等，負責新事業與新媒體的開發工作。其中，京仁分社、新媒體開發中心、新事業開發中心並不位於首爾市上岩洞的總部，而是位於仁川市、水原市、高陽市。

還有一項缺乏人性的人事管理手段是透過「教育訓練課程」施以侮辱。以首爾總部為例，罷工後有四十四人遭受重懲，六十九人被迫待命。二〇一二年下半年，部分受懲戒、待命中及復職的人於首爾市松坡區新川洞的ＭＢＣ學院接受教育訓練。教育對象共九十六人，課程時長三至八個月。

電視劇《賢內助女王》製作人金閔植、紀實節目《南極的眼淚》製作人金載英、曾任《新聞平臺》主播的記者崔一九等，都被迫接受基礎人文學講座、瑜珈課程、早午餐廚藝課程。聽課者紛紛藉全斗煥政權的「三清教育隊」之名，暗諷自己待在「新川教育隊」，那裡就是金在哲所設的奧斯威辛集中營。

「在新川聽著那些內容雜亂粗糙的課程，我不時覺得心寒想哭，那些情感上的消耗，非常煎熬。」——參與罷工的ＭＢＣ記者

當時被高層盯上的一百多名參與罷工的工會成員，都依序經歷了被迫待命、停職懲戒、教育訓練的苦難經驗，其中甚至有曾在ＭＢＣ學院擔任講師的人。教育訓練從上午十點到下午五點，有些被迫聽課的人會在下午五點後，會繼續在新川站

附近逗留、借酒澆愁。《PD手冊》〈美國牛肉狂牛病〉特輯製作人李春根亦為教育對象之一，當時他寫下了一首詩#：

離汝矣三十，　離開汝矣島三十里之外，
回日剩六十，　回去的日子還剩六十天，
新川水打刀，　以新川之水打磨手中刀，
重來兇成汁。　待重來之時兇毒必成汁。

＊＊＊

罷工後再次復工時，MBC記者依然抱有一絲希望，期待二〇一二年十二月能政權交替。然而，朴槿惠當選，曾是金在哲任內核心人物的副社長安光漢，也於二〇一四年三月當上社長，記者心中的希望破滅、不安開始加深。某綜藝節目製作人於網路發表批評公司的漫畫，結果被解僱；某記者接受其他媒體採訪時批評了經營高層，被停職三個月。

高層的不當懲戒大多都被法院判定無效，但他們依然持續施行懲戒處分。仍有許多參與罷工的記者被派至無關自身專業的部門，公司再聘具工作經驗者替補那些

此詩上半部為漢字原文；下半部為韓文釋義，譯成中文。

記者原有的職位，他們很輕易就能從有線臺與新聞臺挖來有經驗的人，這樣的環境因素對高層十分有利。眼看高層絲毫不受司法判決影響，MBC員工開始感到被孤立的恐懼。

MBC工會指出，至二〇一六年底為止，罷工後遭受懲戒、待命、教育訓練、轉調無關部門等人事管理處分的工會成員有一百六十五人，其中九十一人目前仍被排除在本業之外。若以職位分類，記者有五十多人，製作人有三十多人，主播有十多人。但數字無法呈現出員工遭受的深層傷害。

幾年前我與一名MBC製作人見面，他表示雖然上班痛苦，但政權似乎不再改變的氛圍令他精神上更痛苦，他甚至擔心在咖啡店裡與我見面可能會被人監視，惶惶不安，且多次詢問我是否認為將會政權交替，期待我給他一個充滿希望的答案。他內心的憤怒、失望與絕望不斷交織。

在職場上，參與罷工的記者無法作出任何抵抗。其實，高層的安排意在迫使他們主動離職。曾為罷工門面人物的主播文智愛，曾在《PD手冊》代替較口拙的製作人崔承浩，為四大江治理工程進行易懂的說明。她離開MBC後，於某電視節目中坦言：「罷工結束後，我好像變成公司裡再也不需要的人。」當時，她再也無法在MBC待下去了。

「罷工剛結束時，雖然有幾個人被解僱，但也有幾個人復職，感覺還像是我們所有人一起受傷、一起堅持下去；但開始不斷有一小群人因為被盯上而離開後，我的內心就崩潰了，彷彿這不再是我們共同要面對的問題，而是我要獨自承受。」——參與罷工的MBC記者

「我正在寫新聞稿時，突然被通知解僱，在新聞系統上寫到一半就被登出。我真的很震驚……後來打包離開時，我忍不住哭了。」——參與罷工的MBC記者

審視論文裡共二十二名MBC記者的深度訪談，會發現每個人內心都滿懷痛苦。只要記者拒絕放棄新聞主體性並扮演「工具性角色」，高層就會將其視為多餘的個體並且逐出，再聘任其他具工作經驗者填補，強化體制內的規則與秩序。記者被逐出一次，便再也不可能回去，這樣的排除機制變成MBC組織的新運作規則，以及維持現有體制的動力。記者一直以來都透過採訪與撰寫報導來實現自我價值，但這些記者被迫成為多餘個體，也被迫喪失原有的勞動途徑。

以排除機制運作的MBC報導局製造了恐懼與無力感。林明賢指出：「當恐懼持續蔓延，每個記者心中的無力感與孤立感漸漸擴大，反抗能力也會消失。自我厭惡取代團結感，心中的憤怒不再是針對團體外部，而是轉向自己與夥伴。」

一名參與罷工的工會成員後來開始埋怨工會：「工會完全是為了政治目的而利用我們。因為罷工了一百七十天，所以不得不結束。工會成員拚到最後卻什麼都沒得到，現在已經潰不成軍。」

另一名參與罷工的工會成員則訴苦：「和那些以缺乏人性的手段侮辱我們的人共處，真的好痛苦，好像要精神崩潰了。」

「該說是因為時間久了，所以變得有點麻木了嗎？就像家暴受害者對於被打這件事愈來愈沒感覺一樣。對於公司行使的暴力，我好像也愈來愈沒有感覺了……」——參與罷工的MBC記者

「非常老實地說，我是因為沒能力離開，所以才留在這裡。」——參與罷工的MBC記者

過去五年來，參與罷工的記者及罷工後受雇記者，兩方的衝突也愈趨嚴重。參與過罷工與否，成為報導局區分敵我的指標，分屬不同陣營的記者開始在工作環境中憎惡彼此。

「很可怕啊，超乎我的想像，氣氛超級冷漠。『喂，你不要跟他們打招呼』、『不要跟他們走近』、『不要叫他們前輩』……」——罷工後受雇的MBC記者

在這個情況下，高層坐收漁翁之利。報導局長崔基華一度撕毀民主傳媒實踐委員會的報告，讓一些內部人士心灰意冷：「誰說工會還沒有完全挫敗？」記者受到很大的創傷，有些記者甚至擔心旁人偷聽自己的言論後向上級打小報告，在辦公室裡乾脆不說話。有人諷刺的說，報導局裡安靜得像寺廟一樣。MBC記者看JTBC新聞時，也不禁感到慚愧與羨慕，甚至夾雜了一點微妙的自我優越感與嫉妒，「要是我來報導，明明可以做得更好。」

對MBC記者而言，只有三條路可走：像二〇一二年那樣發動罷工；毫不留戀地離開MBC，跳槽至其他媒體；或退出工會並軟化對高層的態度。但論文研究指出，那些被迫成為「多餘個體」的MBC記者並未選擇其中任何一條路。林明賢分析：「參與過罷工的MBC記者深切體認到，將憤怒朝向掌權者無法解決問題，因此決定將憤怒朝向自己，暫且順著體制走。」面臨長期打壓的處境，為了生存，他們作出這樣的選擇。

林明賢指出：「出於消極的勢利觀點，他們認為在MBC的正職身分是他們生存的基礎，必須保住，並帶著一種模糊的期待，決定暫時接受『延緩實踐新聞價

值』的現況。」

但代價是必須從事毫無意義的工作，於是整個MBC報導局陷入排除機制帶來的恐懼裡，延緩新聞價值的實踐，所有報導內容都由報導局主管決定。因此，爆發崔順實干政案後，不斷傳出新聞災難、漸漸變成廢墟的公營電視臺MBC若不能正常化，所謂韓國新聞媒體的發展也將不再具有意義。

二〇一七年三月選出的MBC新任社長金章謙，曾於金在哲任期後的體制下擔任報導局長及新聞本部長，他的出線，代表MBC將會繼續扮演極右保守派的傳聲筒。金章謙領導MBC的最終目標，是要讓期盼MBC正常化的廣大公民放棄、唾罵MBC。

* * *

孫石熙身為從一九八七年開始，就一路帶領MBC成為韓國最優質電視臺的MBC人，當他眼看著上岩洞JTBC對面的MBC日漸凋零的慘況，心中想必比任何人都更痛苦。他曾表示：「我在MBC工作了三十年。雖然我離開了，但那裡永遠是我的故鄉。[13]」

我之所以用了大量篇幅探討已成廢墟的MBC內部情況，是為了說明，有一天若孫石熙決定回到故鄉MBC，他有不得不回去的理由。

孫石熙曾經如此談及他的故鄉MBC：「有大事發生時，整個MBC報導局都會散發出一種興奮感。我還記得大家會充滿活力地趕到新聞現場。不知道最近MBC的氣氛如何，但我希望依然沒變。[14]」

後記／保健室老師

還記得金日成去世的一九九四年，當時我是一名小學生，負責發送牛奶的工作，每個班級都會有一名學生負責這項工作，我從未偷喝過牛奶，一直很老實地完成。但某一日，許多班級負責學生未準時去拿牛奶，供餐處便要我告知各班盡快領回。於是我跑遍了各班，告訴他們「供餐處說趕快去拿牛奶喔」。但時間愈來愈晚，結果全校學生參加愛國朝會時，我還在走廊上逗留。

接著，我在走廊上遇見了校長。我曾經在「期盼愛國統一寫作比賽」獲得一等獎，站在掛有太極旗的司令臺上接受校長授與的獎狀，因此記得校長的容貌。校長當場打了我一巴掌，我馬上倒在地上。他口中爆出我聽不懂的髒話，朝我的背與肚子又踩又踢，只因為我在愛國朝會開始後仍在走廊上逗留。靜寂的走廊上，只有我、校長，以及一名站在校長旁邊的保健室老師。

正在挨打的我與那名保健室老師只對到眼一次，他眼睜睜看著我挨打，直到校長打我打得氣消了，我才幾乎用爬的回到教室。不知為何，我連一聲都沒有哭。此後直到畢業前，我從未去過學校保健室。比起校長，我更討厭那名保健室老師，假使沒有他在場，我只會當成被一隻瘋狗咬了，但保健室老師的在場讓我隱隱約約知道，結構出了問題。

如今回顧，在韓國社會裡，新聞媒體就像那位保健室老師：該說公道話時不說，為了權力而說謊或沉默。對於這種新聞媒體，我們沒有什麼可以期待的。二〇一四年發生世越號船難時也是，遇難者家屬不僅對朴槿惠充滿不信任，對媒體也充滿不信任。

但矛盾的是，我們不信任媒體的同時，心中依然期盼有一家真正能夠信賴的媒體出現。二十世紀，韓國有宋建鎬與李泳禧這兩位傑出的新聞工作者，他們實現了媒體民主化；孫石熙則在媒體民主化的土壤上成長茁壯，並承襲了他們的意志，努力為健全的公民社會提供公正報導。

世越號船難一千日當天，孫石熙被問到世越號船難一千日的意義：「珍島是一個非常美麗的地方。可是，那麼美麗的風景與我們正在經歷的現實差距實在太大，去那裡採訪、擔任志工或前往慰問的人，大概都會有類似感受。通往珍島的路上，兩旁大樹全都掛滿了黃絲帶……那感受……該怎麼說……大家都有類似的感受，可是什麼話都說不出口。[15]」

要成為一名好的新聞工作者，最重要的必要條件是什麼？撰寫這本書的同時，我找到了我的答案：一顆心。對社會弱勢產生同理，冷靜地為他們打抱不平。一個沒有心的記者，採訪能力再好也寫不出有血有肉的報導。在此，我想提一提孫石熙於一九九一年親身經歷過的事：

「『水砲！』我聽到有人這樣高喊。我正跟隨示威群眾朝同個方向前行，只見遠處像大炮一樣的東西朝我們調轉方向而來。瞬間，周圍的人都跑進巷子裡，對水砲一無所知的我仍舊朝前方泰然走去。我心想，這麼熱的天被水淋濕應該會很清涼吧，但事情並非我想像得那樣……我被摻雜催淚液體的水淋得全身濕透，睜不開眼也無法講話。接著，水砲長長的砲身對準最前面的人們，街上的市民被水砲擊中後，全都仰頭摔倒在地。簡直就是一場大清掃。[16]」

一九九四年，我莫名其妙被校長痛打了一頓；一九九一年，孫石熙親身體會水砲的威力；二〇一五年，農民白南基被水砲攻擊，昏迷十個月後去世。當時，JTBC是最強烈批評公權力過度鎮壓的新聞媒體，且不斷駁斥警方認為「水砲是安全的」那種欺騙性的說詞。想必是因為新聞負責人孫石熙親自體驗過水砲的攻擊，才作出那樣的報導。因此，若想成為一名好記者，應該要脫離安逸舒適的記者室、放下手中的資料，去體會類似經驗，或至少同理他人的處境。

事實上，除了孫石熙，韓國社會還有非常多內心真誠且能力強的記者。回顧韓國新聞史，並不是只存在著朴正熙維新體制及全斗煥第五共和國時期的那些充滿不實報導與屈從政權的歷史。

崔章集教授指出，若排除軍事獨裁時期，韓國媒體在提出時代課題的層面上不斷做出重要貢獻。他將韓國媒體稱為「倡導改革者」、「提出議題者」、「批評政府者」，並分析：

「大韓民國剛建國不久，新聞媒體便大力倡導進行土地改革及剷除親日派等去殖民化改革的核心議題，也在推動民眾關注及實現改革方面作出很大貢獻。五〇年代末至六〇年代初，新聞媒體提出民主化與現代化，兩個當時韓國社會最重要的議題，是促使議題普及化的重要功臣。

「五〇年代，新聞媒體在報導政府權力時具有相當的自主性，媒體正面對抗李承晚政府的體制，毫無保留地對政府的威權主義進行嚴厲批判，並表達出社會大眾的民主化訴求。事實上，一九六〇年的四一九民主運動，正是由媒體與學生聯合起來而發生的。

「一九六一年，朴正熙發動五一六軍事政變，媒體也持續批判軍方的行為與政策，帶頭提議推動現代化及消除貧困。一直到維新體制前，媒體都保持著『表達社會訴求、為大眾發聲』的傳統。……如同前述，在韓國現代政治史的重大轉折點上，媒體都作出極大貢獻，這些例子在在證明媒體的批判角色有多重要。秉持良心與批判性的媒體，對促進一九八七年六月民主運動的發生及威權主義的退場，也大有功勞。[17]」

一九八七年，媒體揭發警方在審問中將大學生朴鍾哲刑求致死，卻假造死因，使社會大眾對軍事政權不道德的行為非常憤怒，最終帶來了民主化的實現；二〇〇六年，《時事週刊》記者因遭受握有龐大權力的三星施壓，展開一場光榮抗爭；二〇〇八年，李明博政府上任後，言論自由倒退，YTN、KBS、MBC記者與製作人紛紛作好被解僱的準備，展開要求公正報導的抗爭長達數年。

從某個角度來看，崔順實干政案風波期間新聞媒體的突出表現，與其說是新聞媒體展現了前所未有的全新面貌，不如說是承襲了為言論自由而進行抗爭的一九七五年東亞自由言論守護鬥爭委員會、二〇〇八年YTN被解僱者、二〇一二年MBC被解僱者等同業前輩與後輩的意志。然而，隨著承襲前人意志的許多新聞工作者紛紛陷入艱難處境，愈來愈多人選擇向反動勢力投降，或睜一隻眼閉一隻眼。

我小學的那位保健室老師，我更願意相信他從未忘記我、始終心懷愧疚，並且不斷努力成為一名比那天更好的保健室老師。

孫石熙也一度像那名保健室老師一樣，什麼話都沒說，什麼也說不出口。但後來的孫石熙，選擇在晚間新聞直播開始前一秒戴上「力爭公正報導」的絲帶，努力讓自己成為一名比昨天更問心無愧的新聞工作者。

孫石熙使人們依然願意對韓國媒體抱有希望與期待。為了讓大眾不對新聞媒體絕望，孫石熙堅守自己的崗位。過去一直保持沉默與選擇屈從的我們，都因此欠了孫石熙一份人情。

Notes.｜參考資料

1 國會預算決算特別委員會，2016/10/28。

2《月刊朝鮮》2017年1號，文甲植。

3〈JTBC新聞的智慧〉，金洛鎬。

4《傳媒今日》投書，朴相賢。

5〈假新聞的認知〉調查報告，韓國言論振興基金會，2017/3。

6 JTBC《新聞室》〈主播簡評〉，2017/2/23。

7《蟋蟀之歌》，孫石熙，P94-95。

8〈總統彈劾案風波裡的電視新聞報導框架〉，廣播電視學會例行學術大會，2017/4/21。

9《時事週刊》訪談，2016/4/1。

10《電視臺監督報告書》，民主言論市民聯合團體，2017/4。

11 廣播電視學會例行學術大會，現場問答發言，2017/4/21。

12 聖公會大學碩士論文〈重建2012年罷工後，公營電視臺記者主體性之研究——以MBC為例〉，林明賢。

13《OhmyNews》訪談，2013/9。

14 廣播電視學會例行學術大會，現場問答發言，2017/4/21。

15 JTBC Facebook專頁「社群故事」影片。

16《蟋蟀之歌》，孫石熙，P52。

17〈韓國民主主義與言論〉，《言論與社會》，崔章集，1994。

拉下前總統、破解假新聞、拒當讀稿機——孫石熙的脈絡新聞學／丁哲雲 著. 邱麟翔 譯. -- 初版. –
臺北市 : 時報文化，2020.03；面；14.8╳21 公分. --（VIEW：078）
ISBN 978-957-13-8105-3（平裝）
1.新聞學 2.新聞倫理 3.文集

890.7 109001599

ISBN 978-957-13-8105-3
Printed in Taiwan

VIEW 078

拉下前總統、破解假新聞、拒當讀稿機——孫石熙的脈絡新聞學

손석희 저널리즘

作者 丁哲雲｜譯者 邱麟翔｜主編 陳信宏｜副主編 尹蘊雯｜封面照提供 孫石熙｜美術設計 兒日｜編輯總監 蘇清霖｜董事長 趙政岷｜出版者 時報文化出版企業股份有限公司 108019 臺北市和平西路三段240 號 3 樓 發行專線—(02)2306-6842 讀者服務專線—0800-231-705．(02)2304-7103 讀者服務傳真—(02)2304-6858 郵撥—19344724 時報文化出版公司 信箱—10899臺北華江橋郵局第99信箱 時報悅讀網—www.readingtimes.com.tw 電子郵件信箱—newlife@readingtimes.com.tw 時報出版愛讀者—www.facebook.com/readingtimes.2｜法律顧問 理律法律事務所 陳長文律師、李念祖律師｜印刷 盈昌印刷有限公司｜初版一刷 2020 年 3 月20日｜定價 新臺幣 420 元｜（缺頁或破損的書，請寄回更換）

時報文化出版公司成立於1975年，1999年股票上櫃公開發行，2008年脫離中時集團非屬旺中，以「尊重智慧與創意的文化事業」為信念。